Dones Sumises

Erika Sanders

Dones Sumises

de

Erika Sanders

sèrie

Dones Sumises

Sinopsi

Consta de les següents novel·les:
Submisa
Fantastic Girl
El Joc de Desvestir
Dona Llatina Submisa

Dones Sumises és una novel·la de fort contingut eròtic BDSM i, alhora, una nova novel·la pertanyent a la col·lecció **Dominació i Submissió Eròtica**, una sèrie de novel·les d'alt contingut BDSM romàntic i eròtic.

(Tots els personatges tenen 18 anys o més)

Nota sobre l'autora:

Erika Sanders és una coneguda escriptora a nivell internacional, traduïda a més de vint idiomes, que signa els seus escrits més eròtics, allunyats de la seva prosa habitual, amb el seu nom de soltera.

índex:

DONES SUMISES
ERIKA SANDERS

SUBMISA

Et desig.

Tot de tu.

Del cap als peus i tota la resta.

El teu cos, la teva ment, la teva ànima.

Les imperfeccions que odies que jo no.

Amo cada part de tu, tal com ets.

Especialment aquest cul.

Vull estar amb tu.

Tot el temps.

No importa on estigui.

La meva ment divaga, provocada per un pensament o una imatge.

Una cançó.

Els teus inicials en una matrícula.

Una simple paraula parlada de passada que té un significat especial per a tots dos.

Un estrany que porta els cabells com tu.

Vestit com tu.

Vull sentir la teva veu.

Quan em dius amb els teus noms de mascotes.

Digues-me que m'estimes, em estranyes.

Descriu com va ser el teu dia.

Preguntin sobre el meu i dóna'm la teva opinió.

Comparteix el que estem fent o planegem.

Fins i tot el mundà.

Sedueix-me a altes hores de la nit mentre estic estirada nua al llit en la foscor i tu estàs a quilòmetres de distància.

Sé dur amb mi quan em poso malcriada i faig olles per penjar el telèfon per dormir o per preparar-te pel treball.

Vull veure el teu interior obert per escrit.

Assaboreixo cada nou missatge i foto.

Reviso les converses passades.

Recordo que quan no estem físicament junts, encara penses en mi.

Que pot ser-hi amb un toc dels teus dits.

Les teves paraules són forts tot i que no hi ha so; em toquen en el fons, com si me les haguessis dit directament a l'oïda.

Vull comentar les meves novel·les amb tu.

Sugiéreme idees mentre fem una pluja d'idees sobre la trama i els noms dels personatges.

Elimina les àrees problemàtiques.

Marejar-te amb els comentaris i opinions dels fans.

Apaivagar la meva ira i confusió quan els lectors sense rostre i sense cor critiquen les meves històries sense una bona raó.

I continuo escrivint un altre dia amb el teu ànim.

Vull ser domesticada per tu.

Per cuinar i fer les tasques de la casa.

Fer encàrrecs.

Anar a ballar, veure una pel·lícula i fer viatges.

Només acurrúcate i pren una migdiada al sofà en un cap de setmana plujós.

Cridar-desitjós per fer l'amor sota munts de mantes al llit tot el dia.

Adormir-nos en els braços de l'altre a la nit i després despertar-nos un a la banda de l'altre al matí.

Dutxar-nos junts.

Tenir sexe de reconciliació quan barallem.

Vull ser besada per tu.

Repetidament.

Tant amb tendresa com amb brusquedat.

Saps com burlar-te de mi.

Satisfer-me.

Despertar-me amb els teus llavis, dents i llengua.

Per fer-me plorar i gemegar.

Suplicar.

El meu cos tremola.

Vull fer coses pervertides amb tu.

Assistir a menjars i esdeveniments.

Fer amics en el teu estil de vida.

Participar en jocs sexuals en festes.

Descobrir més desitjos secrets.

Alliberar les nostres inhibicions.

Explorar nostres costats més foscos.

Portar l'un a l'altre a la part més alta dels màxims i després consolar l'un a l'altre quan caiem en el més baix dels mínims.

Vull ser dominada per tu.

Grunyir perquè sóc teva.

Fas que la meva pols s'acceleri i que la respiració es detingui el sentir les teves ordres.

En silenci o brusc, ambdues situacions em fan posar vermell.

Tinc moltes ganes que em subjectis contra la paret amb la teva polla entre les meves cames, pressionat contra el meu cony.

Que em ordres follar ... que venir-me només quan tu ho diguis.

No tinc més remei que cedir quan tortures meves orelles, coll i pits amb la teva boca.

O quan sento les teves mans sobre el meu cos mentre reclames el teu.

El meu pit s'infla d'orgull quan dius que sóc una "bona noia" per fer el que vols.

Vull estar lligat per tu.

Físicament.

Mentalment.

Amb les teves mans, esposes o cordes.

Els meus nines sostingudes en el teu adherència per sobre del meu cap o assegurades a la capçalera del llit.

Cames restringides, juntes o separades.

Els meus moviments i reflexos controlats.

Qualsevol possibilitat de tocar-te eliminada.

Una bena sobre els meus ulls per no veure el que em vas a fer.

Vull ser fotuda per tu.

Nua i aclaparada sota el teu cos mentre em arrasas.

Quedar-lliure de restriccions sense un toc de cap dels dos, usant només les teves paraules per fer-me retorçar i gemegar mentre arruïnes la meva ment deliciosament.

O els tocs simples i lleugers que has descobert que em treuen múltiples orgasmes sense importar on acariciïs meu cos.

Vull que em facis servir.

Ser arrossegada d'un lloc a un altre al teu gust.

Aclaparada quan lluito.

El meu cul nu colpejat mentre em sujetabas.

Els meus joguines usades en mi ... per tu.

La teva mà aferrada al meu cabell a la part de darrere del meu coll.

Pressionant lleugerament sobre la meva gola mentre em mires als ulls.

Per recordar-me qui està a càrrec.

Vull obeir les teves regles.

Quan estàs fora del meu abast, em donen alguna cosa en el que concentrar-me.

Estan definides tenint en compte la meva millor interès.

Sé que seràs disciplinat en conseqüència si les trenco.

Que confiïs en mi per ser honesta amb tu quan t'he desobeït.

Vull que em consolis.

Arraulida contra tu quan estic a aclaparada o tinc un mal dia.

El meu cabell acariciat i besat amb el meu cap arraulida sota el teu barbeta contra el teu pit.

Calmada per les teves paraules i els teus braços al meu voltant.

Bressolada fins que cessi qualsevol llàgrima.

Vull cuidar-te.

Per abraçar-te quan estàs trist, cansat o malalt.

Seré la teva força, algú en qui recolzar-te, perquè fins i tot un Dominant pot tenir moments febles.

Com tu submisa, sóc aquí per tu en qualsevol situació que em necessitis.

Per complaure o alleujar el teu dolor.

Vull tot això i més.

Perquè sóc submisa d'aquesta manera.

Com tu dominant ...

FANTASTIC GIRL

17

PRIMERA PART
ROBERT I MONICA

Fa sis anys

Estem a la primavera, els escolars esperen ansiosos l'arribada de l'estiu, dels viatges, de les aventures amoroses; els pensaments de tots no es dirigeixen als llibres, sinó al que faran una vegada que acabin les lliçons.

En una classe com moltes altres, Monica i Robert se sentin en els pupitres. Es coneixen des del primer any. Ells són amics.

ELLA: Monica; 15 anys; filla de 2 agricultors; cabell fosc, ulls foscos.

Característiques distintives: bella; la natura ha estat molt generosa amb ella: un rostre esplèndid, dos ulls de conte de fades, una pell suau i impecable, un cos bonic, tonificat i ben format, uns pits encara no desenvolupats, però impressionants per la seva fermesa; a això se suma el fet que des de petita sempre ha tingut el costum d'arribar a l'escola a peu o amb bicicleta, donada la mala situació econòmica dels seus pares, recorrent quilòmetres i quilòmetres cada dia; a més, ajudava amb freqüència i de bona gana als seus pares amb el treball al camp; quan podia, li agradava relaxar nedant al petit llac a prop de casa seva. El resultat és una noia bonica, que et deixa sense alè només per a veure des de lluny.

No és molt bona a l'escola, no li agrada molt estudiar. D'altra banda, sobresurt en tots els esports: ni els nois poden fer-hi front.

Espera graduar-se, trobar una feina honest que l'ajudi, trobar a el noi dels seus somnis, formar una família, més endavant; el seu somni, però, seria convertir-se en una atleta establerta. Per això, quan pot, entrena, corre, res, fa gimnàstica sola al camp (sense poder costejar un gimnàs).

ELL: Robert, 15, fill de 2 professors universitaris; cabell castany, ulls blaus. Va heretar una ment extraordinària dels seus pares; podria treure notes per sobre de la mitjana sense estudiar, però els seus pares volen el millor per a ell: des de nen el van obligar a estudiar 4 idiomes diferents i li van impedir tenir una vida social real; el resultat és un noi molt intel·ligent però tímid i introvertit; Els seus companys sovint es burlen d'ell per la seva aparença física: no molt alt, una mica gros, absolutament negat per a qualsevol activitat que no requereixi només raonament, un físic ja no excepcional, arruïnat encara més pels anys dedicats als llibres i en la PC. Mai ha tingut núvia i és conscient que li costarà trobar una, donades les seves dificultats per relacionar-se amb els altres; sempre ha estat una mica resignat.

El seu primer dia de classes.

Tots dos arriben tard, s'asseuen en l'únic taulell que queda lliure; per a ell és amor a primera vista; mai ha vist una criatura així; estar a prop seu li fa quedar-se al setè cel; però, és conscient que mai podrà tenir-la. Ja s'està preparant per veure-la mentre es va a seure en un altre lloc, quan ella li somriu i li demana que li expliqui una fórmula que no ha entès: ell somriu al seu torn i explica la fórmula amb una naturalitat desarmant.

Ells es fan amics; Monica veu en ell a un noi tendre i sensible, un amic; entre ells es crea una mena d'acord tàcit; Robert es converteix en una espècie de "tutor" escolar i no s'escatima en intentar que ella aprengui les matèries més difícils: per a ell, tenir-la a prop és un somni.

Sovint es reuneixen a les tardes per estudiar junts.

Monica en la seva ingenuïtat no s'adona el sentiment que sent Robert; d'altra banda, tots els nois la miren de certa manera, i ell, sent més reservat, no deixa sortir el que sent; ho veu com un amic i això és tot.

Robert, en canvi, amb el pas el temps, comença a maleir-: ¿dir-li el que sent i córrer el risc de perdre-la definitivament o seguir tenint-la així?

Època de graduació - fa tres anys

Mònica s'ha convertit en una noia encara més bonica que abans: ara és més dona. La seva feminitat és més evident en les seves formes, el seu rostre esplèndid més format. Les seves habilitats esportives l'han convertit en una atleta completa a nivell nacional; després de sobresortir en tots els esports femenins de l'escola secundària, es va convertir en gimnasta professional; ara el seu objectiu és intentar acabar el batxillerat amb dignitat per dedicar-se completament a l'esport.

En això li deu molt a Robert, qui la va ajudar molt, sovint fins i tot fent-la copiar en el seu treball de classe; el fet és que el veu feliç d'ajudar-la, i no veu res dolent en això.

En la seva ingenuïtat no s'adona el sentiment que ell té per ella.

També perquè des de fa uns dies surt amb un noi, de què s'està enamorant ... bé, al menys sembla que està enamorant, les clàssiques coses que passen a l'adolescència. Es reuneixen a les tardes i els caps de setmana, però encara no és oficial. L'atracció entre ells és fort, gairebé sempre fan l'amor, hi ha un fort enteniment.

Últimament no ha vist a Robert amb freqüència, ara està bastant avançada en els seus estudis, ja no ho necessita; i després s'està tornant avorrit.

Robert va créixer, especialment en l'escolàstica. Ha guanyat diverses beques, especialment en els camps de tecnologia de la informació, electrònica i programació.

Moltes empreses de prestigi ja ho estan avaluant per a entrevistes i ofertes de treball.

És un geni, triomfa molt bé en tot el que cal pensar.

Però està trist.

Les seves habilitats no impressionen a la dona dels seus somnis, que ara s'ha convertit en una obsessió. En un intent desesperat per sumar punts, es va inscriure en l'equip de futbol de la ciutat, esperant poder acostar-se als interessos de Monica ... amb resultats desastrosos. Va deixar a l'equip i es va burlar de Félix, el capità.

S'està resignant a la idea de perdre-, ja que ella està aprenent a estudiar pel seu compte i, sobretot, s'endinsarà en el món de l'esport per deixar el seu.

De vegades es troba sent persistent amb ella:

"Estàs segura que no vols que et doni un cop de mà per a la teva prova de geometria? De veritat, crec que necessites un cop de mà, tothom ho passa malament ..."

Ella ho silencia "escolta, no insisteixis, ja en tinc prou a mi sola, ia més vaig aprenent, gràcies, però no insisteixis".

Aquestes són ara converses comuns entre els dos.

Fa dos anys

A Monica no li agrada estudiar, especialment a finals de maig. Prefereix nedar, passejar ...

Robert sap que hauria rendir-se, però l'obsessió és més fort que ell.

No pot evitar buscar a Internet totes les fotos d'ella descarregades dels articles sobre atletisme, ha creat la seva pròpia carpeta personal.

Hi ha una foto molt gelosament conservada d'un article sobre campionats regionals, en la qual es la retrata en tota la seva esplendor, embolicada en un ajustat vestit que deixa poc a la imaginació, presa durant un exercici de pes corporal, mentre està fent una espècie de pont, destacant les seves formes i músculs.

Això no pot continuar.

Ha d'anar amb ella i parlar amb ella, expressar-li el que sent.

Decideix cridar-la, per concertar una cita, absolutament ha de parlar amb ella:

...

Monica: "però ho sento si és tan important, digues-me alguna cosa per telèfon"

Robert: "Bé, dir-ho per telèfon és vergonyós, diguem que es tracta de nosaltres dos, aquí estic jo ..."

Monica: ¿Quina !? ¿Nosaltres dos? Escolta Robert, tu i jo som amics, res més, si això és el que volies dir-me, ¡evita venir!

... la teva ... la teva ... la teva ... la teva ...

Està visiblement molesta, està ocupada aquesta nit i no pot entendre el fet que Robert ha estat al seu costat tot aquest temps amb motius ocults; i després últimament s'ha tornat massa insistent.

Robert està destruït.

Ara sap que també l'ha perdut com a amiga.

No es rendeix, decideix acudir-hi per un aclariment, a el menys vol que torni a parlar amb ell.

Coneix el camí, només que li sembla molt curt, comparat amb l'habitual: ¿què li dirà ?, com començarà el discurs? Ara ha endevinat la veritat i l'ha perdut per sempre. Com pot ser remeiat?

Quan s'acosta a l'entrada de la casa, escolta un raig d'aigua a l'estany adjacent a la casa de Monica.

Robert sap que li encanta nedar per les tardes per mantenir-se en forma.

Ella és més fort que ell, en lloc de trucar a la porta s'apropa a l'estany, amb la intenció de cridar-la.

"Monica ..."

No pot sentir-ho, està sota l'aigua.

Mentre res, Robert aconsegueix veure-la en tota la seva bellesa; el seu cos sembla estar fet de marbre, però conserva una increïble sinuositat i feminitat. Es mou sobre l'aigua amb gràcia i poder a el mateix temps.

En aquest moment està entre els arbres i, quan està a punt de tornar a cridar-la, la veu sortir de l'aigua ...

La seva veu es queda penjant del seu coll.

Mai l'havia vist així.

Ella està nua.

S'acosta a la riba, surt en tot el seu esplendor, les gotes d'aigua dibuixen belles trajectòries per tot el seu cos, mentre surt i es retorça el pèl. Els pits abundants però ferms es mouen sinuosament juntament amb els músculs pectorals; a l'abdomen destaquen els abdominals esculpits d'anys d'exercicis. Les potes afilades, llargues, però també definides i musculoses. El seu cos és un himne a la perfecció. Quan s'acosta a la riba, Robert veu tota la seva nuesa i roman immòbil sense poder emetre cap so.

Però passa una cosa inesperada.

Ella no està sola.

Robert escolta rialles darrere d'un arbust cap a on es dirigeix Monica.

Ara l'ha perdut de vista, però pot escoltar rialles, gemecs de plaer i més rialles.

"Monica, crec que hauries de parlar clar amb Robert, dir-li que estem junts i deixar d'enganyar-, una noia com tu s'enamoraria a qualsevol ..."

"Però no vaig pensar que tingués motius ocults ... és ... és només últimament que s'ha tornat insistent, inexplicablement gelós, possessiu, això m'està donant molts problemes ... jo ... no sé com dir-li-, ell no sembla entendre. Potser ho hauria d'haver sabut fa molt temps ".

"És millor aclarir com més aviat millor, si no ho fas jo ho faig"

"No et preocupis, estàs gelós? Com vaig poder sentir alguna cosa per ell? A del principi a el menys vaig pensar que era amable, amistós, però ara crec que entenc les seves veritables intencions, i després físicament ... aquí ... és repulsiu. ... certament no com tu ... "

Tots dos riuen.

Deixen de parlar i comencen a besar-se ia abraçar-novament.

Robert està simplement petrificat.

Després de tots aquests anys que ha estat a prop d'ella ...

Aquestes paraules li deixen gelat.

Li agradaria cridar el seu enuig i frustració a tot el món, però seria inconvenient fer-se sentir en aquell moment.

El més lògic és allunyar-se en silenci, i és una decisió que està gairebé clara en la ment.

Pujant per la vora, amb moltes dificultats, busca un camí menys costerut que abans; a fer-ho, ensopega amb una branca amb el conseqüent soroll sord.

"Oh vaja, ¿vas escoltar això, Monica?"

"Suposo que sí! Qui pot ser? Algú ha vingut a espiar-?"

Es vesteixen el menys possible i deambulen entre els arbres a la recerca de l'intrús.

Robert està fugint, en aquest punt comença a córrer sigilosament, però l'home està sobre ell en segons.

Reconeix, en la penombra, a el capità de la selecció de futbol de l'escola.

Fèlix.

"¿Robert?"

"Què? No em diguis que vas venir aquí per espiar-!"

"... nn ... no ... si us plau nois, no és com penses, Monica ... jo ... aquí vaig venir només per parlar amb tu, vaig escoltar un soroll i vaig venir a l'estany, el teu no em vas escoltar, però et vaig trucar ... "

Un cop de puny a la mandíbula ho interromp abruptament.

"Ets una espècie de cuc inútil, ara t'ensenyaré a venir a espiar MI núvia"

"... no, Félix, per favor ..."

Una genoll a l'estómac el silencia encara més.

Robert és a terra, indefens.

Però més que el dolor físic és l'atroç humiliació que està patint el que el fa patir.

Monica pren la mà de Félix abans que ho copegi de nou.

"Atura't, Félix!"

Robert té un respir. Potser Monica vulgui escoltar-ho, conscient de totes les tardes que vam passar junts.

Res més lluny de la realitat.

Ella s'acosta a ell, mig nua, en roba interior i una samarreta sense mànigues lleugera encara mullada per al bany.

Destaca molt el contrast entre ella, alta, guapa, forta, de color sa, una mica bronzejada ... i ell, a terra, encorbat sobre si mateix, espatlles i braços prims, una panxa a la cintura creixent, conseqüència d'anys passats, estudiant.

Ella està per sobre d'ell i la veu com un àngel en el seu rescat.

Una visió de son, està fantasiant amb besar-la, passant les seves mans sobre aquest cos fantàstic, estirat en una platja deserta, amb ella per sempre.

Monica el torna a la realitat. El aixeca amb una mà per la seva camisa, el mira directament als ulls.

"Félix, és inútil que t'embrutis les mans amb aquesta res, colpejar només acabaria en problemes. Quant a tu, subespècie de mol·lusc, mai em tornis a parlar, vaig ser tan ingènua a l'pensar que estaves a prop meu amigablement, però ho hagués fet havia d'haver entès immediatament de què estava feta tota la teva insistència, de gelosia, obsessió; imprimeix bé aquesta veu i aquesta cara en la teva ment, perquè mai tornaràs a parlar-me. Gràcies a Déu me n'aniré la setmana que ve, per anar a un lloc on espero no hi hagi ningú disposat a oferir-me ajuda "desinteressadament" i després espiar-en la meva intimitat ".

Desapareixerà.

"Anem-nos a casa, Félix. "

Robert a terra, incapaç de mirar enrere, en un bany de llàgrimes, s'arrossega cap a casa.

El dolor físic gairebé no ho sent.

SEGONA PART
SONIA I MONICA

Fa 3 anys

Ella: Sònia, 18 anys, el seu pare treballa com a empleat, la seva mare és professora de biologia molecular. Dues bones persones. Ella no és bonica. Menuda, pàl·lida, no importa molt, és prou femenina però certament no és provocativa. És una noia intel·ligent, va heretar de la seva mare una gran passió per la biologia i la genètica.

Molt reservada i recatada, mai ha tingut nois, no tant per la seva aparença física, no exuberant però tampoc reprovable, sinó perquè NO li interessen els nois.

Els seus interessos es limiten a la lectura, la investigació, la genètica. Una noia freda, calculadora i insociable.

I d'un sadisme subtil, innat i inexplicable.

Sovint li passa que va al laboratori, d'amagat de la seva mare, a buscar algun animal i torturar sense motiu precís. Li agrada aquesta sensació de poder sobre la víctima i veure l'intent infructuós d'escapar del seu destí per part dels exemplars més forts.

I gràcies a la seva capacitat per mesurar la seva crueltat, mai ha matat a ningú.

Les seves víctimes preferides són les més vitals i resistents, pel que pot esforçar-se més sense conseqüències permanents.

En aquest sentit, mai va pensar que podria torturar cap espècimen humà, fins i tot encara que la idea la tempta molt.

Fins aquest dia.

Estem a l'abril de fa dos anys.

Sonia es prepara amb desgana per seguir la lliçó de gimnàstica amb els seus companys.

Un avorriment mortal, a més d'un esforç considerable.

En les voltes d'escalfament de gimnàs, sempre es queda enrere juntament amb Robert, el setciències de l'escola. De tant en tant es parlen, intercanvien dues paraules parlant d'això i allò. Clarament, no senten cap tipus d'atracció mútua, només es fan companyia en les hores de gimnàs.

Ella ho troba molt intel·ligent i està d'acord amb ell en molts aspectes de la vida quotidiana.

Només hi ha una cosa que no entén el significat: el sentiment que té per Mónica, aquesta guarra gimnàstica, arrogant, estúpida i, sobretot, insensible, vista com "explotadora" de el pobre Robert. No entén com un noi intel·ligent pot ser burlat d'aquesta manera i, a el mateix temps, ser persistent i tossut en la seva obsessió.

El seu és pur menyspreu.

No obstant això, hi ha alguna cosa que confon els seus sentiments: el cos de Monica. És possible que la naturalesa sigui tan burleta com per tancar a una persona tan superficial, insensible i estúpida en una closca tan perfecte?

De vegades, al vestidor, s'adona que l'està mirant més temps de què hauria, però no entén per què.

Aquesta estúpida hora de gimnàstica està a punt d'acabar, només esperant l'últim exercici en el pal i després anant a fer la prova a classe de biologia, que acabarà en deu minuts, per l'habitual geni Robert, i després tots els altres, que trigaran una mica més.

Va ser aquesta petita gossa Mònica que va insistir que volia enfilar-se el pal, animada en veu alta per tots els altres, és clar.

Mentre Sonia es prepara per intentar en va enfilar, Mónica la colpeja involuntàriament, fent-se un cop al nas contra el pal, amb una riallada generalitzada.

"Silenci nois, anem, facin aquest exercici ràpid, ja fem tard ..."

"Ho sento ..." diu Monica, i amb una lleugeresa gairebé animal puja al cim i després descendeix amb la mateixa rapidesa.

"Ho sento, maleïda tonta" ... això és el que Sonia està pensant, però només està pensant. Mentre s'aferra a el pal fingint un va esforç per enfilar-se, s'observa a la Mònica al pal contigu: samarreta blanca, pantalons curts foscos (com en l'uniforme escolar), calces i sostenidor que es veuen. A mesura que puja part de l'pantalons curts baixa pel contacte amb el pal, deixant a l'descobert una tanga negra i part de les seves natges blanquinoses que es contrauen amb l'esforç. En el camí cap a baix, però, és la camisa la que s'aixeca, deixant a l'descobert el melic i l'abdomen pla. En el moment en què es baixa de el pal fa el gest d'aixecar-la camisa per assecar-se la cara, mostrant la perfecció del seu abdomen.

En aquest precís moment, Sonia es veu a si mateixa en el seu laboratori amb els seus instruments i Mónica seminua, suada i panteixant, immobilitzada en una taula amb cordons i corretges de tota mena, mentre espera que ella faci la seva feina tractant de retorçar-se de diverses formes com un animal de laboratori ... "les excuses no són suficients, fastigosa gossa, ara et ensenyo jo educació".

Havia sentit parlar de l'orgasme a les seves companyes i, de fet, s'havia acariciat lleugerament, sentint una subtil plaer.

Però en aquest moment, imaginar aquesta escena, mentre ella s'aferrava a el pal, li provoca un plaer devastador, com si hagués de contenir-se per evitar cridar.

Des d'aquest dia la seva vida ha canviat, veu a Monica com una potencial víctima de les seves fantasies i es complau en això.

Els animals ja no són suficients.

Unes setmanes després.

Què estúpida se sent Sonia.

La seva obsessió per Monica l'havia privat de claredat.

Hi hauria d'haver imaginat que ningú la plauria amb els seus jocs perversos.

I no hauria d'haver convidat a Monica a casa seva.

D'altra banda, no es va resistir. En els banys, després de classe, la va trobar enfront d'ella per enèsima vegada, i aquest cop nua, mentre es dutxava.

Mentre Monica estava ensabonada amb els ulls tancats, els de Sonia es van menjar aquest cos en cada centímetre, envejant per un moment aquesta esponja amb la qual se solia rentar.

Mentre corria la fantasia en el seu cap, les altres noies van notar la fixació de Sonia i van riure d'amagat.

Es van quedar soles després de cinc minuts.

Monica: "Per què trigues tant? Vaig pensar que era l'única a la qual li encantava una dutxa llarga ..."

"... com? Ah sí ... bé, és relaxant"

Estava a punt d'anar-se'n i tancar les aixetes.

"Escolta, Monica, et queda una mica de sabó al cul"

"Uh gràcies! Quina esperit d'observació! Ara em vaig que aquesta nit tinc la carrera camp a través, si també guanyo amb els nois establiré un nou rècord, saps?"

"Ei, ets molt atlètica, a més de bonica"

"Gràcies" somriu, no imagina malícia per part de molts homes, i molt menys d'una dona.

"Per cert, saps que molts esportistes utilitzen la electroestimulació? ¿La utilitzes tu?

"Bé, no per ara, encara que he sentit a parlar d'això; no sé molt a l'respecte"

"De debò? Vols venir a veure? Tinc alguns dispositius, per a estudis de biologia, ja saps. Puc deixar-te provar-los ..."

Ella havia anat a casa seva.

Com dues amigues.

Sònia no es va atrevir a dir-li que feia servir aquestes eines per als seus jocs sàdics amb els animals de laboratori.

S'havien tancat a l'habitació.

"Ara. Despulla't ..."

"¿Perdó?"

Sònia no era molt sociable i no entenia que unes poques paraules circumstancials solen ser de bon gust, abans d'anar a l'gra.

"Bé ... bé ... no estaves aquí per provar els electroestimuladors? He de aplicar-los per totes bandes. Pots quedar en roba interior i sosteniment, si vols"

Mònica, una mica molesta, va començar a desvestir-se, ja que bàsicament va venir per això, així que no va armar un escàndol.

Sonia ja gairebé havia perdut el control quan ella es va aixecar la camisa. Amb els ulls gairebé angoixats va observar al seu nou conillet d'índies de laboratori.

"... escolta, ahir vaig fer una carrera de trenta quilòmetres, estic una mica cansada, potser no podríem provar aquestes coses teves primer només en algun lloc i després veure si fa mal?"

Trenta quilòmetres i està una mica cansada, va pensar Sonia; una atleta perfecta; en aquest espècimen puc provar tot i més ... i ja la seva ment estava perduda en la idea de tot el que podia provar en una dona com aquesta: proves de fatiga, estimulacions prolongades de plaer barrejades amb dolor, controls de llindar, de dolor ...

Va ser interrompuda en els seus pensaments per Monica qui la va veure com en trànsit

"Escolta, Hola! Sonia, estàs aquí amb mi?"

"Ah sí, és clar, intentem-... a les natges, està bé"

"Buah ... En les natges?"

"Per què? Estàs avergonyida? Puc ajudar-te ..."

Després de posar gel en abundància en els elèctrodes els va disposar amb molta cura, gairebé maniàticament a les natges i en part de la part interna de la cuixa.

A Sonia no li semblava real que pogués tocar a aquest animal amb impunitat, i va haver de abstenir-se de demorar-se massa en la seva carn per no fer-la sospitar. Però la posició en la qual s'havia col·locat, cames separades, lleugerament inclinada cap endavant, amb una mà subjectant el seu cabell quiet i l'altra recolzada a la tauleta de nit, en roba interior, feia impossible no provar la fermesa de les seves natges i el interior de la cuixa.

Monica es va adonar d'això i va semblar una mica molesta.

Llavors Sonia es va recompondre.

"Ok, ara t'estic enviant polsos d'1 segon en el nivell 1"

Monica va sentir un pessigolleig, però res es va moure.

Llavors Sonia va passar directament a l'nivell 3.

Monica va sentir que els seus músculs es contreien cada segon; inicialment la va prendre per sorpresa, després va començar a trobar-gairebé plaent.

Sonia va veure contraure els glutis i els adductors i va començar a entrar en crisi. Li hauria agradat atordir, desposseir del poc que li quedava, lligar-la bé i arribar progressivament a l'nivell 10 en tot el seu cos.

Però era una fantasia.

Gairebé s'esfondra quan tot just va escoltar un gemec en el moment de la contracció.

¿Era possible que a ella li agradés?

A no ser que ...

Se li va acudir la idea malsana ...

"Escolta, ja que crec que t'està agradant, podem provar-ho en tot el cos?"

"Ah bé si, ok"

La col·locació dels elèctrodes va durar més de deu minuts.

Sonia volia gaudir de cada moment que tocava aquest bell cos.

Li havia posat elèctrodes per tot arreu.

Els més petits a bíceps, tríceps, cames.

Aquells una mica més grans en abdomen, esquena, pectorals, cuixes, a més dels que ja tenia.

Amb una excusa poc creïble, dient que havia de connectar "la massa de l'equip", efectivament la va immobilitzar a un marc que s'usava com penjador al laboratori.

I també li havia tret el sosteniment dient que "només per estar segura" havia de col·locar sensors en aquesta àrea per als batecs de cor. D'aquesta manera va embolicar els seus mugrons amb elèctrodes especials i va assegurar la part de el pit a l'estructura.

El resultat va ser Monica lligada en forma de X, amb un cos pràcticament nu si no fos per la seva petita tanga negra, i els elèctrodes adherits a la major part del seu cos, per davant i per darrere.

"... però ... però ... no em puc moure"

"Així puc posar els elèctrodes on vull, i amb braços i cames estirats teus músculs funcionaran millor"

Monica no entenia molt i li semblava molt estrany, però confiava en això.

Tots els elèctrodes estaven connectats a una màquina que Sonia manipulava amb mans expertes.

Va començar amb els nivells 3 i 4.

Embadalida per aquesta obra d'art vivent, va dosificar els nivells i intervals a voluntat, admirant com tots els músculs de Monica estaven pràcticament al seu servei.

Monica va trobar això una mica estrany, però la sensació física era plaent.

No obstant això, hi havia alguna cosa que la inquietava als ulls de Sonia, semblava gairebé extasiada.

-Bé, interessant, Sonia. No et vaig preguntar quant solen durar aquestes sessions. No, t'ho dic perquè tinc una cita aquesta nit i no vull ...

Va ser silenciada per una mordassa que Sonia, enmig d'un èxtasi, la hi va ficar violentament a la boca, immobilitzant encara més contra l'estructura.

"Calla, gossa!"

Mònica, gairebé incrèdula, va intentar alliberar-se, però va ser en va. De la mordassa va emetre sons gairebé animals, de ràbia incontrolada, quan Sonia s'hi va acostar.

Va començar a llepar, besar-la, rosegar cada punt del seu cos.

I el que més la va excitar van ser els esclats de rebel·lió i repulsió que tenia el seu conillet d'índies.

Durant els següents cinc minuts, va elevar el nivell a 7 i va veure que els músculs d'ella es contreien de forma poc natural, i la suor augmentava encara més la conductivitat dels elèctrodes.

Mónica va passar d'un estat d'ànim primer a una ira incrèdula, després a el pànic i, finalment ... gairebé a l'excitació. Com era possible excitar davant d'una dona tan depravada? A més, el seu cos en violents espasmes li deia el contrari.

Sonia havia notat que la tanga s'havia mullat i somreia diabòlicament. Es va acostar i va començar a jugar amb el tanga amb l'objectiu de treure-se'l.

No obstant això, Monica volia absolutament sortir d'aquesta situació desesperadament i la raó va prevaler.

Amb un esforç increïble va aconseguir trencar part de l'estructura metàl·lica i alliberar la seva mà dreta.

Després es va treure la mordassa i va començar a cridar amb l'alè possible a la gola, arrencant tots els elèctrodes.

Sonia la va trobar enfront d'ella lliure i va rebre un cop de peu a la cara que la va fer desmaiar.

Mònica, presa de pànic, va fugir portant-se la roba.

En un moment de claredat, va pensar en alertar la policia una vegada que arribés a casa.

Ara Sonia i Monica són a la comissaria.

Monica havia demandat a Sonia per agressió amb fins sexuals, dient la veritat en tots els seus detalls. No obstant això, la casa de Sonia estava aïllada i ningú l'havia vist sortir en aquest estat ni ningú havia escoltat el crit. A més, la història no era molt creïble, perquè a la policia li semblava estrany que una forta dona com ella fos immobilitzada per una prima com Sònia. I després el "tractament" no havia deixat cap marca en el seu cos, que ara estava en perfecte estat de salut.

Sonia s'estava maleint a si mateixa.

Què se li havia passat?

Atacar-la així.

Certament va ser un somni tenir-la, encara que fos per uns minuts, però ¿ara?

Monica mai tornarà a confiar-hi.

La burla de les companyes i les opinions de la gent no li interessaven. El que més li molestava és haver perdut el control i haver estat llançada a una situació perillosa.

Certament no podria haver predit que la bèstia furiosa trencaria part de l'estructura de metall, però amb tal físic ...

Es va prometre a si mateixa que en el futur seria mil vegades més acurada. Perquè encara està decidida a fer realitat la seva fantasia.

De moment es limita a gestionar la desagradable situació: davant la falta de proves, és ella la que acusa Mònica de haver-la agredit amb un cop de peu després d'haver-la gairebé despullat per seduir-la. La versió de la Sònia, amb el seu aspecte de la típica noia de bones maneres, i de bona família, sostinguda per la ferida al llavi provocada per la puntada de Mònica, és més probable a ulls dels policies que hipotetizan un atac de Mónica després una negativa de Sonia.

Després de diversos dies d'investigacions, persones interrogades, tot acaba en un punt mort per falta de proves.

Sonia llança un alliberador sospir d'alleujament dins de si mateixa; després d'assumir una expressió espantada i indignada davant dels comissionats. Una vegada fora mira Mònica directament als ulls amb un somriure malvada i luxuriosa com dient: Has vist, puta estúpida de què sóc capaç? Als seus ulls, ets gairebé més culpable que jo. Que sàpigues que tard o d'hora seràs MIA ...

Monica està desconcertada.

Es dóna compte de que ha actuat amb ingenuïtat i imprudència.

Fa tot just uns dies, va descobrir que Robert, el seu company d'estudis, tenia motius ocults i va arribar a espiar-mentre ella tenia intimitat amb Fèlix.

I ara aquesta companya de classe la immobilitza per torturar. Per sort va tenir la força per alliberar-se, en cas contrari ... tracta de no pensar en el que va poder haver passat. ¿A més d'aquest estat d'excitació quan estava indefensa a la mercè d'aquesta boja?

Millor no pensar-hi i pensar en el seu futur com a esportista, tornant als entrenaments.

I sense electroestimuladors ...

petit parèntesi

Una setmana després dels fets.

Monica els va explicar la seva versió a les seves companyes de classe / amigues. Molta gent li creu a Monica, ella és una noia molt estimada i respectada, no només objecte d'enveja i desig.

Sònia no té amics, és una noia tímida. Com a resultat, no li importen les mirades despectives de la gent. Va tornar a jugar els seus petits jocs amb animals de laboratori i conillets d'índies.

Avui està prevista una excursió d'un dia a parc.

Ella estarà sola veient els nois i noies fer broma, jugar i cortejarse entre ells, inclosa Monica.

Curiosament aquest dia, després de nedar al llac de parc, un grup de noies comença a reunir-se amb ella, per parlar d'això i allò.

Juntes es van a fer una passejada pel bosc.

Quan arriben prop d'una cascada sorollosa, deixen de parlar.

Sonia s'espanta amb la mirada dels seus improbables amigues.

"Ara tindràs una petita lliçó"

És portada a coll, incapaç de rebel·lar-se, darrere d'una roca, espantada.

Monica l'espera darrere de la roca.

"És tota teva, Mònica, dóna-li una bona lliçó, ens quedarem a l'entrada per evitar que ningú s'acosti, encara que el lloc és gairebé desconegut; en uns vint minuts tornarem a per tu; diverteix-te".

Sonia està en estat de terror.

La imponent i bella figura de l'objecte dels seus desitjos es destaca a un metre d'ella. Però no és el que li agradaria. A Sonia li agradaria tenir-la lligada, a la seva mercè, ara estan soles i només Déu sap el que passarà.

Mònica es treu els pantalons curts i la samarreta, quedant-se en biquini.

S'acosta a Sonia que per un moment la veu com una amant i cau de genolls per admirar-la.

Quan veu a Monica així ja no pensa, fa el gest de besar-li el melic.

En resposta, rep una puntada a l'estómac.

"Ara despulla't, PUTA"

Sense comprendre les seves intencions, obeeix sense dubtar-ho.

"Completament"

Monica també es treu l'última roba.

"No et facis idees rares, puta, és que no vull mullar-me la roba"

Les dues noies, nues, són un contrast evident entre elles; bellesa i lletjor, força i fragilitat, sensualitat exuberant i timidesa vergonyosa.

Mónica l'arrossega de els cabells cap a la cascada i la llança a l'aigua, capbussant després d'ella.

La presa pel coll i l'aixeca.

"Ara en aquests vint minuts tindré una petita venjança, puta, i espero, especialment per tu, que mai tornis a parlar-me ... ah, no et preocupis, no deixaré senyals visibles perquè em denuncies"

Sonia mira al seu ex conillet d'índies amb nostàlgia i admiració.

Mentre està inclinada amb les mans al voltant del seu coll, els seus ulls estan plens d'ira. En l'esforç per aixecar-la, contreu tots els músculs del seu magnífic cos.

Sonia veu a Monica en tot el seu esplendor i amb tota la seva fúria, encara que la situació està a l'inrevés, en comparació amb l'última vegada.

Durant els següents 20 minuts, Monica submergeix el cap de Sonia diverses vegades, portant-la a el límit. Mentre la sosté, també li dóna alguns cops. Ha de desfogar el seu enuig per haver patit aquest sentiment de vulnerabilitat que va sentir a la casa de la puta. I sobretot per aquesta excitació sense sentit que havia sentit.

Fins i tot en aquest moment es pregunta per què va haver de desvestir-se per complet, el banyador s'hauria assecat amb la calor.

I a l'estar nua i sola amb aquest ésser pervers torna a excitar-se.

Això la enforisca encara més, provocant que mantingui el cap sota l'aigua durant uns moments més de l'hagut de.

Sonia empassa aigua i comença a tossir convulsivament.

Monica s'atura, recomponent.

En aquests minuts Sonia pateix físicament, però clarament sap que Monica només vol donar-li una lliçó. I això la tranquil·litza. I veure a aquesta bèstia en tota la seva fúria l'excita, a l'pensar en el que podria fer-li, si està en les condicions adequades.

"Ara ves"

Monica diu, una mica commocionada per la inexplicable emoció que va sentir just abans.

Sonia la mira, vestint-, preguntant-se si els mugrons de Monica estan tan alçats pel fred de l'aigua o per altres motius.

Els ulls es troben i Sonia torna a tenir aquesta llum diabòlica en els seus ulls.

-Vull tenir-la-

Mònica pensa en Sonia.

Aquesta se'n va, tossint, llançant mirades assassines a les "amigues" de guàrdia.

Monica sap que les seves amigues se li uneixen quan els crida.

"Deixeu sola!"

Les amigues comprenen el moment difícil i s'aparten.

En la solitud de la cascada, Monica es troba bregant amb els seus instints.

Ella es troba nua a l'aigua; En els últims temps, els successos amb Robert i Sonia li estan fent comprendre quant afecta la seva impactant bellesa a les persones.

Gairebé se sent culpable.

I incòmoda.

Ella se sent observada.

Es torna cap al cim de la cascada.

Una ombra sigilosa fuig i es retira a l'interior d'un arbust.

Mònica, encara commocionada pels fets, amb un salt prodigiós arriba ràpidament a l'arbust a la part alta de la cascada i aconsegueix agafar a l'desprevingut "admirador" ... Robert.

"Com? Tu altra vegada?"

Mònica està sorpresa de quant més i més és objecte d'atenció no desitjada.

Robert no té res a dir, aquest cop sap que està equivocat i és completament injustificable.

Mònica, enmig d'una fúria incontrolada, el colpeja amb dos punys i li estreny el coll amb força.

"Maleïda sigui! Pots saber el que vols de mi? Només vull que em deixis en pau. No va ser suficient la lliçó de l'estany per a tu?"

Robert, incapaç de reaccionar, és a terra. Les mans de la seva estimada estan agafant el seu coll mentre ella s'asseu sobre d'ell, nua a cavall sobre ell. Tot i la perillosa situació, a l'veure aquesta bellesa salvatge, no pot evitar estirar les mans sobre el cos nu de Monica, excitar-se, ara no té res a perdre.

Mònica tot just comprèn la situació, i quan nota un bony inequívoc en els boxers de el noi, repel·lida per l'aparença de l'individu, li dóna un cop de peu ferm en les parts baixes, provocant-li un dolor indescriptible.

La situació d'ella nua sobre un noi a terra, combinada amb els fets de just abans, torna a provocar una estranya excitació en la noia, gairebé fascinada pel seu poder i força, i per l'efecte que té en les persones.

Empenyent amb força el pensament fora de la seva ment, fuig deixant de Robert físicament aniquilat a terra.

El que li acaba de passar, aquesta violenta puntada, li està provocant un dolor insuportable en les parts inferiors.

L'objecte del seu desig és cada vegada més inabastable per a ell, i ell cau cada vegada més baix

Últimament s'havia assabentat del que va passar entre Sonia i el seu objecte de desig.

Això li molesta molt. Sobretot, es pregunta com va aconseguir Sonia convèncer Mònica que es immobilitzés així. Després, la història dels electroestimuladors ... s'avergonyeix de si mateix a l'excitar amb només pensar-ho.

Sent certa enveja per aquesta estranya noia prima i lletja apassionada per la genètica: va pensar tenir-la, ni que sigui per uns minuts i de forma perversa.

I quant hauria donat per estar a soles amb ella en aquesta casa, amb ella completament nua i lligada?

Però en què està pensant? No, pensar en aquestes coses només li farà mal.

La resignació digna és millor.

TERCERA PART
MONICA I LA SEVA DISFRESSA

45

2018 - L'esport

Ningú que hagi vist a Mónica en els últims anys, el seu cos, el que és capaç de fer, fins i tot en competència amb els nois, tindria el més mínim dubte que té totes les credencials per esdevenir una atleta de nivell absolut. Gairebé sembla, als 21 anys, que excedeix les lleis de la física per moments. El sorprenent d'ella és el fet que sobresurt tant en disciplines on es requereix força (com llançament de pes, llançament de javelina) com en disciplines de velocitat com córrer; aconsegueix avançar-se als esportistes negres en disciplines purament de velocitat, provocant sorpresa, admiració i fins i tot enveja per part dels esportistes que l'envolten.

La natació li permet mantenir-se en forma, però fins i tot en aquesta disciplina sobresurt i aconsegueix mantenir-se a l'una amb la majoria dels nois.

La disciplina en què aconsegueix combinar tot amb resultats excepcionals és el salt amb perxa, tant és així que se centra més en aquesta especialitat, amb una mica de penediment per no poder competir en totes les disciplines (el que fàcilment podria fer).

La seva relació amb Félix va acabar fa molt de temps, tot i l'atracció que sentia, ella no podia suportar la seva gelosia; d'altra banda, comprèn, a l'veure al mirall, que cap home pot deixar de admirar-la. Però és millor així, en aquest moment se sent bé amb si mateixa i lliure.

Només des d'un punt de vista professional falta alguna cosa. És cert que s'està preparant per als Jocs Olímpics, que ja és bastant famosa, que li han proposat desfilar, posar per calendaris ... però se sent gairebé atrapada per aquesta vida d'entrenaments i carreres.

Li agradaria tenir més satisfacció.

El naixement de la superheroïna

Un diumenge com qualsevol altre, després de passar un dissabte en una discoteca amb amics i una meravellosa nit d'amor amb un noi que va conèixer aquesta mateixa nit, mira la televisió i se sent intrigada per una sèrie en la qual es disfressen tres belles noies en un vestit ajustat i ... roben.

Mònica no té problemes econòmics, tot i que no navega en or, però preval el seu desig de provar noves emocions.

Una nit es col·loca un ajustat vestit de bany gris fosc.

El fa servir sense res a sota.

També prepara una coberta facial, que també sigui cenyida.

La seva primera "missió" és explorar la ciutat.

Com fer-ho sense ser vista?

Les seves habilitats atlètiques vénen a ajudar ... i també el seu eix.

Des de la finestra de la residència, a les 2 de la matinada, baixa silenciosament sense ser descoberta, també ajudada pel color de l'vestit.

Tot i que no se li pot veure bé així, decideix creuar les zones menys concorregudes.

Els sostres són els llocs més fàcils per tenir tot sota control.

Mònica està satisfeta de si mateixa: la idea de saltar de sostre en sostre ajudada d'un pal, a més de permetre-li tenir la situació sota control, li permet entrenar encara més (com si ho necessités).

Després de la primera nit de patrullatge vénen més, però fins ara sembla més un joc.

Una nit s'adona que un grup de delinqüents està forçant l'entrada a un supermercat.

El sentit comú li diu que adverteixi a les autoritats ... però el seu valor preval.

Amb un salt prodigiós aterra al terrat de supermercat.

Es deixa caure sigilosament per una finestra per veure a quatre homes amb passamuntanyes buidar caixes.

Ella no sap per què va entrar allà, què pot fer ara? Potser només curiositat o el desig de posar-se a prova.

En els seus moviments li ajuda el fet que les llums estan apagades i els delinqüents no són conscients de la seva presència. Però passa una cosa inesperada: el que sembla ser el cap li diu alguna cosa al seu company, que es dirigeix a el tauler d'instruments encenent tots els llums: evidentment s'ha notat la seva presència.

Amb el cor a la gola, Monica s'ajup darrere de taulell refrigerat, tractant de guanyar ràpidament la sortida.

¡Un dels quatre la veu!

"Escolta, t'atures ..."

Mònica intenta escapar de l'home i ho està aconseguint, sent molt ràpida; decideix tornar a la finestra per la que va entrar, ja s'ha posat diversos metres entre ella i l'home, quan a la volta d'una cantonada es troba amb el cap i un altre, tots dos amb una arma apuntant a ella.

"Final de el joc"

Ara hi ha quatre al seu voltant i Monica es maleeix a si mateixa per la seva imprudència i estupidesa.

"Ara digues-me qui ets i què fas aquí, mentrestant, amb les mans sobre el cap"

Ara que Mònica està amb les mans per sobre del cap, el mico ajustat ressalta les seves formes sinuoses, els seus pits grassonets i ferms, les natges esculpides, els seus braços musculosos, el fet de tenir por, més que el cansament de córrer, la fa respirar agitada i sense alè. Sent els ulls dels matons sobre ella.

"Ets una dona eh? Interessant, ara mentre et apunt amb aquesta pistola, treu-te aquest bonic disfressa, comença per la teva cara, vull veure't a la cara"

Mònica no sap què fer ... els lladres tenen passamuntanyes, les càmeres no són un problema per a ells, però ella ... el seu rostre reconegut, la seva foto als diaris, la seva carrera arruïnada, el ridícul de la gent ... està petrificada i incapaç de pensar amb claredat.

"Bé, en aquest punt ... vostès 2, sujétenla fermament"

Els dos s'apropen a ella i la prenen dels braços mantenint fermament darrere de la seva esquena; ella tem el pitjor.

"Cap, ella és una mica més alta que nosaltres, i miri els seus braços ... ¿no seria millor lligar-la?"

"N'hi ha prou, recorda que som quatre i que ella és només una dona, covard"

El cap s'acosta amb la pistola apuntada i fa un gest per treure-li la màscara.

Mònica, en aquest punt, seguint el seu instint, estira un genoll fort cap a les parts inferiors de l'home, llança amb força als dos que la sostenien contra la paret, llevant-de sobre com a dues branquetes. Després agafa el cap adolorida de el cap i la llança contra la paret cap a la cambra que li apuntava amb l'arma.

Amb un salt està sobre els dos, pren les armes i les empeny, començant a colpejar i expulsar als dos desafortunats, fent-los desmaiar.

Els dos restants, els que li subjectaven els braços, es llancen a sobre amb dues barres de ferro. El primer és neutralitzat per un cop de peu al nas, però el segon aconsegueix colpejar a Mónica a l'abdomen; incrèdul veu que la noia sent el cop i s'esfondra per un moment, però en un segon ja està dret i el desarma. Ara és l'únic que no està inconscient, però està aterrit: qui podria tornar a posar-se dempeus després de tal cop?

Monica l'agafa pel coll i el colpeja contra una paret. Ella mateixa està fascinada per la seva força i poder. Recorda la situació, el sentiment d'esquena a la paret, amb quatre homes en la seva contra, dos dels quals estan armats, les seves mirades cobdicioses cap al seu vestit gris, la consciència de sortir victoriosa, la tornen a excitar ... la mateixa emoció que l'havia inquietat fa uns anys. La cosa la molesta, estreny amb força el coll de la víctima ...

Les sirenes interrompen tot.

Monica s'adona el perill de ser descoberta i escapa ràpidament.

"Espera ... però qui és, aquesta cosa vestida de gris, semblava una dona ... nois, vinguin aquí, hi ha quatre lladres inconscients al terra, fixin-".

Monica és molt ràpida, l'adrenalina l'ajuda.

Assolit el sostre, utilitzeu el pal per saltar d'un a un altre, el so de les sirenes es debilita.

A l'arribar a una zona escassament poblada, descendeix de les teulades i comença a córrer a una velocitat vertiginosa, amb la vara a la mà, cap a la residència.

Miraculosament no és descoberta i cau a la seva habitació amb gran alleujament.

Està una mica commocionada, però està bé.

Però, què li passa a ella?

Vol entendre.

Va a el mirall, es treu la màscara, encara està disfressada.

També es treu el vestit gris i mira el seu cos nu; ella està suada de córrer. Els seus records volen a la seva primera "patrulla", després a la trobada amb els lladres, les armes apuntant, la seva reacció devastadora ... i fa uns anys una altra vegada ... aquesta noia perversa que la immobilitza i tortura. I veu a la qual s'allibera a la força ... la que sosté el cap de la noia sota l'aigua, la qual copeja a el "voyeur" Robert.

S'observa mentre la seva mà va acariciar-se, roda per terra, estreny fort seus pits ... i arriba un plaer mai abans experimentat.

Està trasbalsada.

Ni tan sols feliç.

Però li va agradar passejar per la ciutat de nit ...

A l'endemà que les notícies i els diaris parlin de la història, un vídeo en el qual vestida de gris es llança sobre els delinqüents i fuig es projecta repetidament en diverses emissores ia internet.

"Els lladres, a l'ésser interrogats, revelen com aquest" fantasma gris "va sortir del no-res i com la seva extraordinària força li va permetre noquearlos ... ara la gent ja està animant a una improbable superheroïna" 'Fantastic Girl', és el nom més popular ... qui és? Per què ho fa? Com pot ser tan fort? Totes les preguntes que, de moment, no tenen resposta ... "

A l'llegir l'article, Monica somriu, conscient que no poden rastrejar-fins a ella.

Fantastic Girl li agrada ...

Per descomptat que la policia la buscarà, segueix sent algú que no respecta les lleis, baixant pels aparadors dels supermercats de nit i prenent-se la justícia pel seu compte ...

Decideix esperar unes setmanes abans de "sortir" de nou.

Desembre de 2018 - La captura

Han passat uns mesos des del naixement de Fantastic Girl.

Mònica està sorpresa que una comissió externa a campus hagi reunit una sèrie de noies de 16 a 35 anys, de gran força física, més o menys de la mateixa alçada i complexió.

La cita és al camp d'atletisme, on es fa una fila de noies perquè d'una en una entrin i se senten en una habitació, intercanviïn algunes paraules amb una dama i es vagin immediatament després.

Monica s'està perplexa, però entra silenciosament a l'habitació.

Una dona d'uns cinquanta anys està asseguda a la cadira amb un estrany telèfon mòbil sobre la taula (mai abans havia vist aquest model).

Ara reconeix a la dona ja que havia estat testimoni del seu interrogatori per l'episodi amb Sònia.

Després d'observar a Monica dels peus al capdavant amb una mirada estranya, li pregunta les seves dades, nom, adreça, edat, etc. ...

L'última pregunta la presa per sorpresa:

"Coneixes a Fantastic Girl?"

Monica és incrèdula, quin tipus de pregunta és aquesta?

Després d'un moment d'indecisió:

"Bé, sí, sé que és una mena de superheroïna que en els últims temps 'vigila' la ciutat ..."

La dama la interromp.

"Bé, sí, en realitat és útil per a la comunitat, tot i que encara sigui una forajida, per això la policia volgués interrogar-la, però no sembla molt inclinada a ser detinguda, és una pena, la policia volgués col·laborar amb ella ..."

"Entenc, però per què van venir aquí?"

"Bé, és simple, les poques dades que tenim sobre Fantastic Girl és que és una dona, que és fort, alta, atlètica i opera en aquesta regió ... diguem que estem prenent dades de possibles heroïnes, res de què preocupar-se.. .."

La senyora miri el mòbil.

"Ets Fantastic Girl?"

Monica insinua un somriure falsa.

"Però no bromeemos, és clar que no!"

La senyora miri el mòbil.

"Està bé, Monica, pots anar-te".

Monica està preocupada, tot i que no tenen proves per localitzar-la.

En els últims mesos sempre ha estat cautelosa.

Els seus patrullatges eren molt discrets, només quan es trobava amb alguna cosa greu, com assalts, robatoris, violència, intervenia ràpida i letalment: no recorda quants atracadors, violadors i lladres havia noquejat amb relativa facilitat.

Diverses vegades es va topar amb la policia, l'objectiu era, però, arrestar-, però ella va fugir ràpidament.

En qualsevol cas, els policies la van perseguir com una forma de parlar, més per deure; després de tot, un així a la ciutat els resultava convenient. És per això que sembla encara més estrany que alguna "comissió externa" es molesti a entendre qui és Fantastic Girl.

I després aquesta dama semblava molt, massa, segura de si mateixa.

Bé, en tot cas mai hauria renunciat a aquesta vida: hi havia massa satisfaccions, massa adrenalina cada vegada que es posava aquesta disfressa.

En els últims mesos ha intensificat notablement el seu entrenament, millorant encara més (com si fos necessari) la seva força i, sobretot, la seva elasticitat.

No sabia que el seu cos podia arribar tan lluny, havia descobert més potencial ocult, desenvolupat músculs en àrees que mai hagués imaginat.

I quan baixava silenciosament dels sostres de les cases per sorprendre els delinqüents i noquearlos, tot i que la prudència suggeria el contrari, sempre preferia ser descoberta, per després demostrar la seva força i noquejar quatre o cinc a el mateix temps. La sorpresa dels infortunats, la seva por i la consciència del seu poder li provocaven sensacions estranyes, similars a les que odiava quan estava amb Sonia o Robert.

Aquesta nit s'assemblava a qualsevol altra.

Lladres en un centre comercial.

No hi ha ombra d'una patrulla policial.

És el seu moment.

Entra i, en la foscor, veu a set homes armats.

Aquesta vegada serà difícil, però ja ha fet caure a més d'ells amb la seva extraordinària força i agilitat.

I així succeeix.

A l'aparèixer del no-res, atrapa els set homes desprevinguts i els noqueja amb facilitat.

Però no hi havia vist a el vuitè, que havia vist l'escena des de dalt.

Un dard s'enganxa en el seu braç; ningú l'havia colpejat mai. Després de dos segons ja està inconscient.

Aquesta nit els policies no semblen donar crèdit que "van atrapar" a Fantastic Girl, tant que ja estan discutint la possibilitat de no revelar que ella ja estava inconscient a terra per prendre el crèdit i anar com a herois.

En qualsevol cas, l'emmanillen i la porten a la cel·la, esperant ser interrogada a l'endemà.

Mònica es desperta a la seva cel·la, emmanillada, amb la seva disfressa i ... sense màscara.

Està furiosa, però amb ella mateixa. Massa confiança i lleugeresa en l'actuació, massa confiança en les seves qualitats gimnàstiques.

Ara la seva identitat serà revelada a la premsa i, lamentablement, moltes coses canviaran per a ella.

Podia escoltar els guàrdies discutint.

"Després que les fotos de Fantastic Girl siguin publicades, la premsa de divulgar la història de com la capturem NOSALTRES; ja vaig trucar a un amic periodista, les fotos són a l'arxiu. Ho sento una mica per ella, però mentrestant després del que que va fer per la ciutat cap jutge tindrà el coratge de sentenciar, ni tan sols d'pagar una multa. l'únic és que ara tothom sap qui és. Monica G. és Fantastic Girl, qui ho hagués pensat? és clar, ara et vam explicar la força física ...

Escolta, atura't, qui ets tu? Ningú pot entrar aquí ... "

Un soroll sord. Un cop. Un altre soroll sord.

Set homes amb vestits blaus entren armats i obren la cel·la, apuntant-la amb estranyes armes. Un dard la colpeja i es desmaia.

El dia després als diaris:

"SENSACIONAL: Fantastic Girl resulta ser la promesa de l'atletisme mundial Monica G., considerada per tots gairebé una extraterrestre pels seus dots atlètiques, no menys per la seva bellesa. Però el dia de la captura aconsegueix escapar d'alguna manera, potser amb l'ajuda de còmplices. el cas és que va neutralitzar dos guàrdies i va fugir.

Ningú la troba, no es va presentar a l'entrenament. la policia ja va donar l'alerta fronterera. la veritat és que, si abans era una heroïna estimada per tots, després de matar dos agents és culpable d'assassinat ... "

QUARTA PART
ROBERT I SONIA

57

2018 - Carrera, complicitat

Qui no ha fantasiejat amb ser un agent de la CIA?

En l'imaginari col·lectiu són ells els que són decisius per fets de vital importància com terrorisme, atemptats frustrats, etc.

En les pel·lícules, per exemple, ja ni cal parlar-ne.

Agents, homes o dones preparats per a qualsevol cosa, més dotats física i intel·lectualment que altres, moralment inflexibles i lleials a la seva terra natal.

Desafortunadament (o afortunadament, depenent del seu punt de vista) les coses són molt diferents en el món real.

El "grup", en primer lloc, no té nom i no és conegut per la gent comuna.

És clar, la CIA existeix, fa moltes de les activitats que es veuen en les pel·lícules.

Però qui realment controla tot no pot ser-hi perquè tots ho vegin.

I qui hi treballa és qualsevol cosa menys moralment incorruptible, és més, es busca el contrari.

Però retrocedim uns passos.

2017 - Contractació

Sonia no està deprimida, està "en espera", esperant una situació favorable.

Després de les ximpleries amb Mónica, la gent, a diferència de amb la famosa atleta de la ciutat, l'evita.

No passa un dia sense maleir aquest maleït dijous al que va decidir convidar a Mónica.

Per descomptat, aquest dia també va experimentar la major emoció de la seva vida ...

Donada la discriminació que va patir, ella també va haver de lluitar per trobar feina; per això està sorpresa per l'entrevista concedida a una sala de conferències del millor hotel de la ciutat; no sap què és ni el nom de l'empresa.

"Bon dia Sònia"

"Hola".

Una dona d'uns cinquanta anys la rep, confiada, amb una estranya llum als ulls.

"Com se sent ser considerada una lesbiana sàdica perversa pels ciutadans?"

"Jo ... jo no ..."

"Oh, Sonia, és inútil negar-ho. Mira, jo estava present en el moment de la denúncia, quan vaig saber de la naturalesa de la denúncia vaig córrer a aquesta ciutat i vaig assistir al teu interrogatori. Mira, vas ser molt hàbil a negar i inventar aquesta història. que TU refusar a Mónica i ella et va colpejar. Però jo tenia això ... "

Un objecte similar a un telèfon mòbil.

"Veus, aquest objecte indica sense possibilitat d'error si una persona està mentint o no ... i Monica no mentia, t'ho asseguro"

Sonia estava enfadada.

"Mira, no sé el que vol de mi, aquests miserables enganys em deixen indiferent, la seva història ni tan sols se sosté; si fos com diu hauria hagut d'intervenir i arrestar després de l'interrogatori, en lloc de deixar caure l'assumpte per falta d'evidència "

"I per què hauria de fer-ho?"

"Però ... ho sento, no és de la policia? Què vol de mi?"

"Posa't còmoda, noia, ara et diré qui sóc i el que vull; m'interessa molt el teu coneixement de la genètica, per cert ... ah, háblame de tu"

En uns trenta minuts es ho aclareix tot.

El grup controla el destí de l'món. Ho fa amb una mà invisible. Els fons i les instal·lacions que posseeix són secrets. A l'igual que les tecnologies avançades que tenen, inclòs el "telèfon de la veritat" vist anteriorment. A més d'agents disseminats per tot el món, compta amb un centre d'investigació dividit en diversos departaments: enginyeria, física, genètica.

El centre de biologia / genètica s'ocupa d'experiments en éssers humans de diversos tipus. Gràcies a l'arriscat mestissatge, la cirurgia, l'electroshock, el grup ha aconseguit crear el soldat perfecte, a partir de l'ésser humà: són homes i dones perfectament sans que han crescut des que neixen al laboratori, però amb una característica fonamental: l'obediència cega a superior; desproveït de voluntats i desitjos diferents de servir el grup.

Al centre hi ha nombrosos estudis, sempre experimentant, sobre la fatiga, la resistència a el dolor, l'instint sexual. Aquests experiments es duen a terme, només amb fins cognitius i tot esperant desenvolupaments futurs, en pobres desafortunats.

Els conillets d'índies es seleccionen amb cura: humans de tots dos sexes, majors d'edat, sans i robustos en la mesura del possible per resistir els diferents "tractaments". Es trien principalment atletes, soldats, espècimens físicament forts, fins i tot presoners o prostitutes. Els afortunats s'utilitzen per a la reproducció i se'ls obliga a aparellar-se amb altres "reclutes" repetidament. Altres s'utilitzen per a proves de fatiga. Els més desafortunats per a les proves de llindar de dolor. Alguns exemplars particularment atractius són "confiscats" per la direcció i utilitzats per al plaer de el personal.

Per al "reclutament" s'utilitzen a soldats perfectes creats, soldats infal·libles que aconsegueixen dur a terme segrestos de forma magistral. Els subjectes es trien entre els esglaons superiors de l'organització, de la qual forma part la misteriosa dona.

Els directors de centre estan envellint i lluiten per mantenir-se a el dia amb la tecnologia. Es necessita una renovació.

La direcció va seleccionar a Sonia per dues característiques essencials: coneixement biològic-genètic i la seva falta d'humanitat.

"Estimada Sònia, sé que ara tot et sembla irreal. Sàpigues que si ets un de nosaltres ens dedicaràs la vida. El salari no el necessitaràs perquè viuràs en l'estructura. Però la millor recompensa és, per a tu, una zona totalment equipada per als teus experiments, amb tants conillets d'índies humans i modificats a les teves ordres. Sé que això t'agrada, no t'avergonyeixis. et vam espiar mentre jugaves teus "jocs" amb els animals. Vine aquí a la mateixa hora matí, si ets un de nosaltres. si no us veiem vol dir que no t'interessa i esborrarem el teu record d'aquesta trobada ... sí, és clar que podem. si véns amb nosaltres desapareixeràs i per als teus coneguts ja no existiràs. l'últim: no volem tenir el món a les mans , només volem comprovar que ningú té el poder absolut. Això requereix sacrificis,fins i tot de vides innocents.

Adéu, o millor dit fins aviat, Sonia.

Ah, sóc el membre 231, pregunta per mi "

Sonia té una nit d'insomni. Ja ha decidit acceptar, però vol gaudir de la seva "no adéu" als seus pares, als seus coneguts, pensant en el poc que es preocupa per tots ells; el seu únic penediment: ¿tornarà a posar les mans sobre Monica? Qui sap?

En qualsevol cas, desapareixerà sense soroll ...

A l'endemà arriba a la cita amb una motxilla plena d'aquestes poques coses útils per a una dona.

"Esperava veure't de nou, Sonia. Si tens roba a la motxilla et dic que no serà necessària, trobaràs tot el que necessitis a les nostres oficines"

"Ok"

"Creu-me, si et portes bé seràs recompensada amb interessos ..."

Sonia no comprèn el significat de la frase, però es puja, sense dubtar-ho, a un helicòpter.

La seu de el centre de recerca sembla estar enmig de la mar.

Sonia gairebé s'espanta quan l'helicòpter descendeix cap a mar obert.

Tot d'una, després d'una comunicació de l'pilot per ràdio, se li revela una illa als seus ulls.

Sonia es queda sense parla.

"Dispositius de camuflatge, Sonia. L'illa també pot tancar-se i submergir-se per precaució quan la ruta és creuada per algun vaixell, però ha passat una vegada en els últims trenta-vuit anys ..."

Una illa de somni, tan gran com una metròpoli.

Molta vegetació i espais verds.

Es pot veure una estructura imponent, cap a on es dirigeix l'helicòpter.

A l'apropar-se pot veure a persones amb uniformes blaus apuntant armes estranyes a homes i dones mig nus que corren per un camí barrat a una velocitat vertiginosa.

"Veuràs, els blaus són humans modificats genèticament; ja han rebut l'aprovació categòrica per obeir incondicionalment. En aquest moment, els conillets d'índies estan fent una prova de resistència als medicaments per veure els efectes a llarg termini de la substància; aquí, en canvi, hi ha les residències per a l'administració, de la qual tu seràs part a partir d'avui; només hi ha sis persones per administrar i dirigir el centre, els altres són humans modificats o conillets d'índies. Jo dono les ordres als sis, reviso l'avanç de la investigació i informo als meus superiors ".

Sonia coneix als altres sis membres: George i Rachel, propers a la jubilació, responsables respectivament de les parts electrònica / informàtica i biològica / genètica (de les que s'ocuparà Sonia). Els altres membres estan a càrrec de la logística, les finances i els subministraments.

"Sonia, treballaràs al costat de Rachel durant un mes, després de el qual ella gaudirà de la seva merescuda jubilació i tu ... la teva merescuda missió"

Somriu.

Ja té una mica de pràctica.

El primer dia després de "contractar-", Sonia es familiaritza amb els procediments i l'equip. Rachel li recorda una mica a si mateixa en la forma en què manipula els conillets d'índies, freda amb un somriure diabòlica.

Li sorprèn com totes les seves fantasies diabòliques són una simple realitat en aquest lloc.

Observa amb fascinació com una dona negra està encadenada a un mecanisme giratori, completament nua a el sol.

Es tira dels lligams perquè el conillet d'índies estigui en tensió. L'operació la completen humans modificats; en aquest punt intervé Rachel.

"Després de l'operació, com quedarà reduïda a un estat semivegetal, s'utilitzarà per a algunes altres proves. És una pena, m'hagués agradat haver-ho fet sense el tractament, però és el procediment. M'hagués agradat veure com reaccionava en totes les seves facultats, té un caràcter rebel, que tant m'agrada. Però cal tenir paciència.

El mar està ple de peixos ...

Hi havia estat seleccionada per a la prova que estem realitzant aquest conillet d'índies negre. Carla, és el seu nom, una esportista cubana de vint-anys que corre 100m, 200m i també practica salt de longitud, una esportista de gran potencial, com es pot veure en el seu cos. Tot i que encara no hi ha tingut opcions de ser famosa, pel que es veu "

Sonia observa i escolta amb morbosa atenció la naturalesa de la prova.

El conillet d'índies estava immobilitzat a el sol, lligat a aquest dispositiu que funciona com un "asador". La seva freqüència cardíaca era monitoritzada amb elèctrodes que Rachel havia estat aplicant en diferents àrees i la temperatura amb sondes col·locades a la vagina i l'anus.

D'aquesta manera es pot observar com reacciona el conillet d'índies a l'exposició solar.

La prova es realitza en homes i dones de diferents races i edats per obtenir dades estadístiques.

Rachel admira el cos de Nadia: alta, prima, musculosa, sense una mica de greix i, malgrat tot, amb uns pits bastant grans. Estava lligada de peus i mans en forma de X; la tensió de les cordes feia ressaltar els seus músculs.

Per descomptat, les seves faccions no eren belles, ni molt femenines, i, de tota manera, fins i tot com físic no podia comparar-se a Monica ... ahhh Monica, quins records, qui sap on estarà ara?

Sonia deixa de pensar en Monica i observa com Rachel aplica els elèctrodes i les sondes amb fredor.

Estan a punt de marxar, però Sonia es queda uns minuts més per observar la femella nua i lligada a el sol, i el funcionament de l'mecanisme que la fa girar lentament.

Quan se li formen les primeres gotes de suor, li passa un dit per les aixelles, com per fer-li pessigolles a la Carla, que té un parpelleig, un impuls instintiu d'alliberar-se. La cosa li diverteix, així que repeteix l'acte tocant sota els peus, a l'abdomen, al pit. Va ser interessant com es van destacar els abdominals tot i que ella estava "ajustada".

Rachel somriu.

"Vine, Sonia, hem d'acabar les proves d'avui, ja tindràs temps per divertir-te després de la feina"

Bé, ella s'hauria demorat més, no hauria tingut tanta "pressa".

De fet, havia notat que Rachel no passava molt de temps amb les noies. Preferia demorar-se en els mascles, els tocava molt, sense cap vergonya, a la fi i al el cap, eren conillets d'índies.

El dia va continuar amb regularitat, Rachel explicant cada vegada més el treball.

A la nit, els conillets d'índies es duen a cel·les separades, i se'ls alimenta.

La direcció es retira a la residència, equipada amb totes les comoditats.

El sopar servida per humans modificats és deliciosa.

Sonia encaixa en el grup amb facilitat.

El membre 231 brinda per la nouvinguda.

"Ara toca retirar-nos als nostres annexos. Bé, que tots es diverteixin com prefereixin ..."

Un riure entremaliada, dirigida a Sonia.

Rachel acompanya Sonia a les habitacions.

"Què significava aquest riure sobre la diversió? No entenc ..."

"Vine, Sonia, ara t'ho explicaré."

La porta a una ala particular de la sala de detenció.

"Aquí hi ha els conillets d'índies que hem triat per al nostre 'entreteniment'; per descomptat que són els exemplars més atractius. Podem fer amb ells el que vulguem, tenir relacions sexuals, torturar o simplement mantenir-los encadenats a l'habitació per admirar ".

Sonia observa unes vint cel·les.

El logista, un cuarentón, gros, calb, va a l'cel·la d'una mulata. A un gest d'assentiment cap a un home humà modificat entra a la cel·la, armat.

"Aquesta nit és el teu torn, amiga; despulla't completament"

El conillet d'índies, amb terror en els ulls, es despulla. Ella és una jove mulata, amb dos bells ulls verds. El seu físic és imponent, gairebé dos metres d'altura, cames afilades i musculoses, pits ferms tonificats i naturals, un cos fabulós.

Sonia es torna cap a Rachel.

"Qui és?"

"Una ballarina de vint-anys. La vam triar perquè vivia en un poble petit i va ser molt fàcil recollir-, a més de que és bella i està dotada físicament, és clar. Aquesta nit li toca a ella aguantar a Paul: és un sàdic, li agrada fer servir el fuet. És molt bo causant dolor sense deixar dany permanent. En qualsevol cas, els conillets d'índies que "va usar" han de descansar uns dies abans de ser reutilitzats. Observa ... "

S'introdueix a la cel·la un dispositiu rectangular que funciona amb rodes petites; la víctima va ser lligada en forma de X per mans i peus. Ella plora. Evidentment, ella sap el que l'espera.

Paul entra examina lentament a la seva presa, la besa, la toca, la ensuma.

"Fa olor una mica, què li vas fer fer avui?"

"Deu milles nedant al matí i cinquanta quilòmetres corrent a la tarda".

"Amb raó"

Presa una boca d'incendis i la dirigeix cap al conillet d'índies. Un raig d'aigua freda la colpeja violentament. Després Paul la ensabona minuciosament, insistint en els pits i les parts íntimes, mentre ella intenta en va alliberar-se, observant a l'homenet amb menyspreu i terror.

Quan tot acaba, la esbandeix i ordena als humans modificats que portin el carret amb la ballarina lligada a la seva habitació.

Rachel es dirigeix a l'ala d'homes.

S'atura davant de la cel·la d'un noi ros i musculós. Aquest és un "company" suec, que va tenir la desgràcia de tenir a Rachel com a client, qui, trobant particularment atractiu, va persuadir a l'Membre 231 de "reclutar".

El procediment és similar, tot i que està encadenat amb la roba interior encara posada.

Rachel convida a Sonia a participar.

El noi és alt i musculós. Les dues dones ho observen com a un animal. Aquest dia es va sotmetre a un tractament intensiu d'electroestimulació en tot el cos.

Sonia es mou darrere d'ell i li passa les ungles afilades per l'esquena, provocant explosions instintives en el noi. Li agrada veure els músculs contreure amb el seu toc. Està revaluant la possibilitat de torturar els homes, sense deixar de preferir a les dones.

Rachel s'uneix a Sonia, i amb mans expertes comencen a molestar-i rosegar per totes bandes.

El noi segueix suat pel cansament de la tarda, però Rachel prefereix no rentar-lo; li agraden quan estan una mica suats.

Quan les dues dones s'aturen davant seu i Rachel comença a llepar al pit, Sonia nota un bony inconfusible a la roba interior de el noi.

Rachel no és una dona bella, d'uns cinquanta anys, però l'elegant forma en què està vestida i les seves habilitats de manipulació entusiasmen el semental suec. Sònia, presa com per un èxtasi, excitada, però a el mateix temps indignada, li dóna una violenta bufetada i l'agafa de els cabells.

"Com t'atreveixes, animal fastigós, a aconseguir una erecció? No t'han ensenyat bones maneres. És aquesta la forma de tractar a una dama? Ara faré que et fuetegin fins que desaparegui l'impuls ..."

Rachel la interromp.

"Escolta, pren-t'ho amb calma; aquest és MI joguina, no ho oblidis, ara ho faré portar a la meva habitació ..."

"Però ... però ... ok, ho sento, és només que vaig tenir la impressió que s'estava divertint massa i per tant ..."

"Mira, Sonia, no tothom és tan sàdic. M'agrada burlar-me d'ells, torturar una mica. Sovint m'agrada excitar, masturbarlos fins al orgasme i després interrompre immediatament abans. Hauries de veure com supliquen, crec que per a ells és una de les humiliacions més grans. però de vegades els faig venir. amb qui val la pena ... bé aquí ... jo també tinc relacions. Ara no t'ofenguis, però em retiraré a la meva habitació amb ell. Pots triar a qui vulguis, aquí les úniques regles obligatòries són: MAI deslligar, no danyar-los permanentment, no matar-los.

Escolta, porta a el suec a la meva habitació.

Vine Sonia vull veure el que tries "

Sonia camina pel passadís veient molts exemplars masculins de diverses races, tots molt alts i atractius.

Però la seva atenció se centra en l'ala femenina.

-Mmm ... hauria d'haver entès que preferia a les dones-, va pensar Rachel somrient.

Hi havia moltes noies, i molt atractives; una de cabell i ulls foscos i un cos de model li recorda vagament a Mónica, encara que ella era més vital, més fort i més bella; una bellesa lamentablement inabastable, per a gran tot i Sonia.

Llavors li ve al cap alguna cosa.

"Rachel, on és la nedadora noruega?"

"Bé, ara mateix està en tractament, no pots portar-la a l'habitació ..."

"No, aquí ... només m'agradaria veure-la"

"Ok"

Caminen uns pisos sota terra i arriben a una habitació controlada per una dotzena de guàrdies.

S'obre la porta.

La noruega està immobilitzada en un llit en forma de X, amb corretges en turmells, cuixes, cintura, coll, front, bíceps i nines.

Té un mico blanc. Diversos fils surten de l'vestit en diferents parts de el cos.

"Miri, aquest tractament té com a objectiu fer-la patir per molt temps, però sense causar-li dany físic; per això es monitoritzen els batecs del cor i la temperatura, si els valors es tornen crítics, la tortura elèctrica s'atura, deixant-descansar; hi ha un càmera que filma tot, part de l'video es transmetrà als conillets d'índies com a advertència.

En aquest moment, com veig a l'ordinador, el conillet d'índies acaba de suportar un cicle continu de 47 minuts, com es pot veure en els seus respiracions pesades; en mitja hora hauria de començar de nou "

"Aquí ... Rachel, m'agradaria quedar-me aquí i observar-la una estona, no faré res, observaré com maneja l'ordinador les descàrregues elèctriques"

"Bé, Sònia, cada un té els seus propis gustos, és el teu dret"

"M'agradaria preguntar-te una cosa ..."

"Digues-me"

"Aquí m'agradaria despullar ... puc?"

"Ah, vaig haver d'haver endevinat, què descurada; diguem que el vestit que porta posat no té una funció específica. No es despulla perquè el propòsit d'aquest tractament és punitiu, no per al nostre plaer. Ok, pots actuar com vulguis; els humans modificats estan a la teva disposició, recorda deixar-los fer les operacions d'immobilització, havent dit que pots jugar amb el conillet d'índies com penses, el tractament és automàtic. que puc dir, bona nit, tinc un suec seminú i emocionat esperant-me i aquesta nit em sento inspirada, mmm ... podria sotmetre-ho a la màquina de pessigolles ... un dia te la mostraré, Sonia. Ens veiem en el matí "

Sonia ni tan sols veu sortir a Rachel, porta uns minuts mirant morbosament a la noruega.

Ara està sola amb ella; els guàrdies a la vostra disposició fora de la porta.

Vol gaudir aquests moments lentament.

"Ni tan sols sé el teu nom, gossa; Rachel té raó en sentir llàstima per tu. La teva mirada enutjada denota un temperament que no es rendirà. I segurament ets prou fort com per trencar esposes d'acer, fins i tot si estan defectuoses, i noquejar diversos humans modificats armats; fins i tot estant vestida com ara, puc veure que ets prima i forta, però ho arreglarem immediatament, començaré a treure't la part superior ... "

El tractament va començar fa menys d'un dia, de manera que la noia encara està en plena capacitat.

Té un rostre alegre amb pigues, ulls blaus i un bell color a les galtes.

Entren quatre guàrdies i li diuen a la Sònia que s'aparti, per seguretat.

"Només treguin la part superior, per ara, gràcies ..."

Els guàrdies, amb les degudes precaucions, baixen la cremallera de el vestit i treuen la corretja al voltant de la cintura, aixecant el vestit per sobre de el pit; la noia encara té una samarreta blanca; no importa, el plaer es prolongarà. Corden el cinturó amb força al voltant de la cintura.

Ara li toca a les corretges dels bíceps, li aixequen el vestit fins a les nines, deixant els braços descoberts; com ara té els bíceps lliures, es retorça fortament; tot i estar encara totalment immobilitzada, els quatre guàrdies lluiten per tornar a subjectar les corretges aquesta vegada sobre la pell nua.

L'operació anàloga als canells es realitza, per seguretat, per separat entre la dreta i l'esquerra.

Sonia ara comprèn per què les precaucions mai són excessives.

"Ens deixen ..."

Torna a examinar a l'conillet d'índies.

Amb el vestit no es va poder donar compte del que musculosos i tonificats que estaven els braços.

Res a veure amb Monica, però s'estava acostant; La peculiaritat de Mónica era que era esplèndida en tot. Aquesta encara era bella, però estava lleugerament desproporcionada amb altres parts de el cos, com l'abdomen, que, encara que suau i musculós, no era comparable a la massa dels braços. Trobar un sol defecte en Monica era difícil, però no impossible.

La noia, de pell molt clara, està banyada en suor, el seu pit puja i baixa ràpidament preveient el tractament immediatament.

Una corretja connectada a diverses ampolles estava col·locada a la boca, el que li impedeix parlar; probablement era el mitjà per alimentar-la, ja que el tractament durava al menys una setmana. Elèctrodes als canells.

Hi ha fils que surten de la samarreta sense mànigues al pit; es pot veure una cinta que envolta el pit, cobrint els mugrons.

Sonia comença a acariciar a el conillet d'índies a la cara, al pit, a l'abdomen, sentint la fermesa dels bíceps. Decideix treure-li la samarreta sense mànigues mentre està lligada. La hi treu dels pantalons de xandall, amb dificultat es la fica per sota de l'cinturó, deixant a l'descobert els seus meravellosos pits palpitants. Hi havia elèctrodes al pit tant per controlar els batecs del cor com per induir descàrregues elèctriques.

El fa olor, està suant.

"Tens una petit cos molt bonic, saps, gossa?"

La llepa al melic.

"Estàs salada ... m'agrades"

El conillet d'índies té un impuls de rebel·lió: ¿no només haurà de patir extraordinàriament durant una setmana, sinó que ara també ha de patir les depravacions d'aquesta lesbiana?

Emet un grunyit mixt d'ira i frustració i tira amb força de les corretges.

Mira a Sonia amb odi i desafiament.

"Veig que encara tens molta força. Guàrdies !, els pantalons; quítenselos completament"

Els guàrdies són ara 6, les operacions es duen a terme lenta i acuradament, utilitzant corretges addicionals.

Operació completada.

Sonia entén per què els sis guàrdies: les cames tenen una massa muscular impressionant.

A la zona anal i vaginal hi ha uns tubs inserits i fixats estratègicament per tal que el conillet d'índies realitzi les funcions fisiològiques durant el tractament.

Altres elèctrodes aplicats als turmells.

"Guàrdia, veig que el llit té un mecanisme, puc obrir-li més les cames?"

"Per descomptat"

El guàrdia actua sobre engranatges que estenen les cames de l'conillet d'índies gairebé perpendiculars a el tors.

L'elasticitat de la noia és impressionant.

Sònia, de peu entre les cames de l'conillet d'índies, amb les mans descansant suaument sobre les seves cuixes nus, mira fixament la seva presa. Ella acaricia els seus cames mentre instintivament es contrauen en un intent d'escapar i la mira als ulls.

"Segueixes pensant en desafiar?"

Diu Sònia, inclinant-se per besar el seu melic i abdomen en diversos llocs.

Amb esgarrifosa lentitud deixa aquesta temptadora posició per moure darrere d'ella, sempre mantenint un dit en contacte amb el seu cos i lliscant-de forma sensual.

El conillet d'índies està furiós i intenta dir alguna cosa a través de la mordassa en un idioma desconegut per Sonia.

Ara Sonia està darrere d'ella i, col·locant les mans sobre el bíceps de la cobaia, comença a besar-li sensualment el front, les galtes, el coll, les orelles.

A el mateix temps, llisca les mans per les aixelles, els pits, masajeándolos amb avidesa i provant la seva fermesa.

El conillet d'índies es queixa de protesta intentant dir alguna cosa.

Sonia torna al seu costat i la mira somrient.

"Escolta, què has de dir? No parlo la teva llengua. Saps què? Normalment sóc més sàdica, menys dolça, però ... el fet que et xuclo, ho sento, et fa instintivament rebel als meus tocs i això em agrada tant ... "

i de nou passa les mans per l'abdomen i els pits.

Tot d'una, l'ordinador emet un so estrany similar a una alarma.

Els ulls de l'conillet d'índies ara s'omplen de terror i van a buscar Sonia a la recerca d'ajuda desesperada. A partir d'aquests detalls, Sonia comprèn que el tractament està començant de nou.

Inicialment, emet un crit de rara intensitat, però es congela en la seva gola després d'un segon. La intensitat de la tortura és tal que el conillet d'índies no pot emetre cap so.

Sonia s'observa a l'animal amb interès. La tortura roman constant durant uns segons en tot el cos, i després s'alterna amb intensitat variable, en algunes zones, per deixar un temps de recuperació fisiològica i no disminuir massa la sensibilitat a el dolor.

Quan s'estimulen les cames, Sonia prou feines pot sentir visualment un tic, una contracció permanent al quàdriceps de el conillet d'índies; per tant, es torna a col·locar entre les cames i posa les mans sobre les cuixes. En el moment en què comença la descàrrega, sent la contracció dels músculs tocant-molt més, tot i la posició de les cames i les corretges estretes.

Ara la descàrrega es dirigeix a una altra banda.

Portada per un instint de "compassió", s'acosta a la seva muntanya de Venus amb la boca, mantenint les mans a les cuixes i acariciant.

La seva llengua llisca on pot, entre sondes i elèctrodes, estimulant aquesta part tan sensible. Crits de protesta de la víctima.

Ara mira la part superior de el cos. Quan és colpejada per la descàrrega, contreu pectorals, bíceps i abdominals d'una manera antinatural a el mateix temps. Sonia pot veure la bellesa dels seus músculs, que brillen amb la suor del el conillet d'índies.

Durant vint minuts gaudeix veient el patiment de la noia i admirant el seu cos atlètic a el mateix temps.

De tant en tant passa les seves mans cobdicioses per la pell per acariciar-sàdicament, de vegades pessigant, de vegades sentint-sensualment.

Quan el pit es queda "en repòs" les contraccions disminueixen, però de seguida el pit comença a pujar i baixar convulsivament de nou. Entre aquests moments Sonia continua assaborint el cos de la víctima llepant i fent olor.

Finalment, asseient-se a cavall sobre la seva cuixa, mentre una descàrrega colpeja el seu pit, llepa el seu melic i la mossega, trobant en aquest acte un plaer que no sent des de fa molt de temps, precisament des que havia vist a la Mònica, al pal, en al gimnàs.

Quan cessa el tractament, Sonia es recompon, passa una mà per l'abdomen i els pits de la noia, s'observa que els seus ulls ara estan inexpressius, encara conserven aquest toc de ràbia i frustració que tant li agrada a la Sònia. Evidentment, el tractament està començant a funcionar.

"Vaig gaudir tenir-te a la meva manera, gossa. Crec que et tornaré a visitar aquests dies"

Un petó a les galtes.

"Guàrdies, vístanla bé".

Un vell amic

És hora que Rachel s'acomiadi.

Sonia ho sent una mica, s'estava encapritxant, però Rachel la tranquil·litza.

"No et preocupis, et visitaré de tant en tant per divertir-me, tinc l'ull posat en un noi cubà, un carceller que no està gens malament, tot natural ..."

Ara Sonia està a càrrec.

Es presenta a l'membre 231 a la seva oficina segons l'ordenat.

La felicita, explica com la seva inserció ha estat més que satisfactòria.

Parlant de la situació a l'illa, resulta que George es retira, però està lluitant per trobar un reemplaçament digne.

La ment de Sonia aprofundeix en els seus records i algú immediatament ve al cap ...

"Membre 231 ... aquí, m'agradaria suggerir el nom d'una persona ..."

Robert, després de la profunda decepció amb Monica, cau en un estat de profunda depressió.

La desventura de l'estany és coneguda per pràcticament tot el món. El de la cascada una mica menys.

Les empreses que ho van contactar deixen de buscar-lo. Els pares ho pressionen ignorant els seus sentiments.

Sentiments per Monica que a poc a poc van donant pas a l'odi.

Robert conrea un odi profund per qui ho va rebutjar.

A més, aquesta cop de peu a la zona genital, abans poc vigorosa i una mica "inutilitzada", ara ho feia gairebé incapaç de tenir relacions sexuals. Pel que, a l'ésser incapaç de mantenir relacions sexuals normals per motius d'inseguretat, enfoca la seva sexualitat en el sadisme.

Internet li afavoreix molt en això. En qualsevol cas, sol pagar a prostitutes que es deixen amarrar per satisfer els seus instints. A l'dominar i lligar les seves víctimes, aconsegueix aconseguir el plaer.

El que li va passar a Sonia es veu ara amb enveja i disgust.

Bàsicament s'adona que l'única forma que ELL tingui una dona és fer-ho en contra de la seva voluntat. I com no és molt dotat físicament ... l'única forma, ja saps el que és, el cercle s'estreny.

Segueix sent un geni tàcit, però amb algunes queixes d'algunes prostitutes que no són molt complaents pel que fa a les fantasies BDSM, fan que el seu currículum no és sigui el millor.

I ha de trobar feina.

Va a l'enèsima entrevista gairebé amb resignació.

La senyora de cinquanta anys li dóna la benvinguda al seu estudi.

"Robert, aquí estàs, finalment. Necessitem millorar la nostra divisió de reclutament, i si bé és cert que estàvem a punt de perdre un element com tu ... no ha estat així gràcies a ... TU"

Sonia es revela a si mateixa.

Ha canviat.

A més d'haver crescut, també es veu més relaxada i feliç de la Sonia que havia conegut.

Ells es donen la mà.

"Robert, vas créixer, però no has canviat molt ..."

Sonia li explica al seu amic totes les seves vicissituds, des dels episodis amb Monica, fins el reclutament, el grup, el seu treball, fins a com se les arregla per sentir plaer i satisfacció ara.

Robert es mostra incrèdul, però decideix acceptar.

Serà el responsable de la informàtica, els sensors i l'electrònica de Centre.

El dia de l'assentament, la seva sorpresa a l'veure l'illa és gran, Sonia somriu pensant en quan havia provat les mateixes coses.

A Robert se li expliquen tots els mecanismes d'alarma, control, videovigilància, proves de maquinària.

Les seves habilitats informàtiques, juntament amb els seus coneixements de mecànica, estimulen en ell diverses idees, que aviat les posarà en pràctica.

George és un professor pacient i metòdic.

Després d'una introducció general, Robert visita l'àrea de "entrenament", en particular la piscina.

La piscina és visiblement més llarga que una piscina olímpica comuna, més profunda i amb una vora de tres metres d'altura, el que fa impossible que els conillets d'índies s'escapin.

Robert observa amb fascinació el procediment: els conillets d'índies en vestit de bany s'acosten a la piscina, amb les mans lligades a l'esquena i els turmells connectats amb una cadena de deu centímetres de llarg (per donar una mínima possibilitat de moviment). Els elèctrodes es col·loquen al pit (per a dones sota d'un vestit de bany d'una peça) i es lliguen al voltant de el pit. Un monitor segueix el seu pols. Se'ls penja cap per avall amb un cabrestant, se'ls deixen anar les mans i, posteriorment, els peus, provocant que vagin cap a l'aigua. Avui són sotmesos a una prova de resistència de llarga distància.

"Però com estem segurs que donen el millor de si mateixos?"

"Oh, ja veus, Robert - intervé Sonia, que en aquest moment està en els monitors - és simple: L'últim és sotmès a una dolorosa (però bàsicament inofensiva) prova de resistència a el dolor, el primer se li deixa 'en repòs' per uns dies ... clar que no volem que pateixin les mateixes persones, així que solem donar un avantatge cronomètrica als més febles basant-nos en les últimes proves ... diguem que és molt a la nostra discreció; l'important és que aquestes estúpides bèsties no es donen compte i sempre empenyen a el màxim "

A Robert li sorprèn la confiança que té Sonia en comparació amb la de fa uns anys; ara està a càrrec de la divisió genètica; però certament sembla haver mantingut aquesta fredor que sempre l'ha caracteritzat.

Els homes comencen la seva prova que inicien per separat, perquè es puguin "arreglar" les dades cronomètrics sense dificultat.

Ara és el torn de les dones.

Robert nota immediatament les preferències dels seus col·legues; entre les dones, Sonia és l'única que té predilecció per les cobais i sembla no avergonyir d'això. Entre els homes, només un cert Paul, un home petit i maldestre, sembla divertir per igual amb tots dos sexes. El sent dirigint-se a Sonia dient "aquesta nit no em faria res portar a l'cubà ia la ballarina a la meva habitació i assotar junts; ah, per a la prova m'agradaria tenir a l'cubà, ell va tractar de rebel·lar-se quan ho vaig tocar ... ho entens? "

Sonia assenteix amb desinterès.

A Robert li crida l'atenció una nedadora: cabell castany, ulls castanys de gata, físic imponent però esvelt.

"Qui és, George?"

"Ah, Gabriela! És una completa atleta italiana (natació, carrera, llançament de pes) que ha arribat fa dues setmanes. Li farem diverses proves físiques, per veure on li va millor, encara que donada la seva bellesa també podria quedar inclosa entre el 'entreteniment', qui sap "

Robert observa com els humans modificats la col·loquen per portar-la a l'aigua amb el mecanisme. A l'quedar penjant insinua un moviment instintiu per aixecar-se i contraure els seus magnífics abdominals. Un cop a l'aigua, en el moment de la sortida, comença amb una velocitat i potència impressionants; seva musculatura gairebé coincideix amb la de Monica, encara que roman un pas per sota.

"George ... crec ... que tinc una sol·licitud ..."

"Ah, ho sabia! Et va cridar l'atenció de seguida, oi? Bé, encara no es compta entre el 'entreteniment', però com ets nou farem una excepció, li demanaré a la Sònia que la deixi guanyar, que la mantingui descansada matí a la nit, i que faci la sol·licitud especial a l'Membre 231 ".

El dia transcorre sense problemes.

El primer sopar a l'illa també és positiva per a Robert, ajudat molt per Sonia, que el fa sentir molt a gust.

Quan es tracta de triar a les "víctimes" per a la nit, Robert té ja una petició particular.

"Bé, George, membre 231, tots aquests conillets d'índies són molt bonics i sens dubte els podré apreciar. Però m'agradaria passar la meva primera nit amb Gabriela, l'atleta italiana, però com només estarà disponible per demà, avui m'agradaria 'visitar 'a cada un de vosaltres, així, només per entendre els seus gustos i el funcionament de l'" entreteniment ', sempre si això està permès ... i amb vostè també, Membre 231, estaria interessat en veure el que li agrada "

Els col·legues accepten de bon grat.

A el primer que veu és al seu tutor, George.

Una jove i teton rossa (una prostituta alemanya) està lligada al seu llit seminua, George porta un carret amb gel, dinar de diversos tipus, va venir a prop del llit. Evidentment li agrada tenir relacions tradicionals, amb algunes variacions lligades a l'alimentació i, òbviament, les precaucions necessàries que exigeixen la immobilització de les cobais.

La seva amiga Sonia té una velocista negra a la seva habitació. Està nua, lligada a X verticalment i lleugerament aixecada de terra. Sonia li està aplicant elèctrodes per tot el cos.

"Et recorda a alguna cosa, Sonia?"

Silenci entre els dos.

Sonia insinua un somriure. Tots dos estan units per un boig desig per certa persona. La nostàlgia de Monica dels torna gairebé melancòlics.

Robert decideix deixar-la allà i anar-se'n a una altra banda, per dissipar el record de l'antiga amiga escolar.

Samantha i Julia, dues dones d'uns quaranta anys, no belles, però certament dones que es cuiden, encarregades de l'alimentació i el control de la salut dels conillets d'índies, estan en la mateixa habitació amb un home musculós, nu, fermament lligat a una espècie de taula ginecològica. Un retractor manté la boca oberta. Gruixudes corretges en nines, bíceps, coll, abdomen, cuixes i turmells l'immobilitzen fermament al llit amb les cames obertes.

Mentre Samantha grapeja a l'home a què excita lentament, Julia li explica a Robert:

"Ens divertim així, el excitem de totes les formes possibles, ens burlem d'ell, vam jugar amb ell, per mantenir-lo a la vora de l'orgasme. Quan està a la vora de la desesperació ... bé, depèn del bo que sigui suplicant"

Dit això, s'uneix al seu col·lega i comença a treballar amb paciència en el cos de la víctima. Julia sembla tenir més experiència, ja que l'home va patir una erecció notable amb el seu toc.

Samantha sembla una mica ressentida i el bufeteja.

"¿Així que la prefereixes a ella? Maleït gos!"

I ella li mossega l'orella amb violència, mentre Júlia continua el seu treball sensualment.

Robert va a l'sàdic Paul.

Una dona i un home, tots dos negres, estan lligats un davant de l'altre, en roba interior. Signes evidents de cops al cos de tots dos, més en la dona.

Robert saluda, no sent una simpatia especial per l'home.

El Membre 231.

Robert truca a la porta.

"Endavant"

Un home i una dona mig despullats estan emmordassats i immobilitzats sobre un estrany artefacte, amb raspalls giratoris, plomes, escuradents de dents.

"Màquina de pessigolles, Robert. Vaig seleccionar els elements més sensibles, no els més atractius, com pots veure. Mira"

La dona pressiona un botó. Els pinzells i les plomes comencen a ballar sobre les parts més sensibles dels dos pobres; aixelles, malucs, peus, coll són les àrees més estressades.

La dona, especialment, es retorça com una fúria, crida convulsivament.

Robert està fascinat per tot això.

No obstant això, es retira a la seva habitació. La seva preferència per Gabriela a l'endemà és en realitat una excusa per retirar-se a la seva habitació i encendre la seva vella PC: la nostàlgia li captura, les fotos de la seva estimada Mònica, ara una jove i prometedora esportista, estan meticulosament conservades per ell i amb obsessió ; des de les poses fotogràfiques més banals fins a les imatges fixes captades durant les seves actuacions.

No pot oblidar-la.

Està a punt de buscar un altre vídeo o article quan sent que truquen a la porta.

"Sonia, vine, entra"

"Hola Robert, com estàs?"

"Bé, mira, mai et agrairé prou per fer-me arribar tan lluny. Mai podré pagar-t'ho".

"Bé, has de saber que és un plaer per a mi tenir aquí a una persona que conec des de la secundària"

Parlen com dos vells amics, parlen d'això i allò, Sonia parla del seu treball sàdic com si res.

En un moment Sonia pressiona:

"Segueixes pensant ... en ella. Oi?"

En resposta, Robert li mostra a Sonia les fotos al seu PC. Sonia se sorprèn a l'veure la quantitat de fotos de la víctima dels seus somnis, dividides en carpetes i subcarpetes: vídeos, entrevistes, articles, fotos, actuacions esportives.

El sol pensar en el que ell podria fer-li a l'illa la fa volar amb la seva imaginació com mai abans. Una foto en què Mònica està lluitant amb el salt amb perxa capta la seva atenció: l'esportista acaba d'abandonar la perxa, el seu rostre concentrat en l'esforç, els esvelts músculs tensos i sinuosos a el mateix temps, la part superior frenètica s'eleva. Descobreix l'abdomen i tots els músculs abdominals esculpits.

Sonia vola i somia amb Monica a l'illa com conillet d'índies, però un pensament s'apodera d'ella:

"Robert ... tu ... l'estimes, oi? Vull dir d'una manera tradicional, mai la lastimarías, la voldries per a tu sol, si fos un conillet d'índies aquí t'agradaria alliberar-la per mostrar-li el teu amor ... ¿ veritat? "

"Sonia ... no saps quant he canviat. A l'créixer i xocar amb la realitat, amb la teva aparença física, arribes a entendre que mai pots tenir una criatura així, com podria enamorar de mi? Mira, el meu desig d'ella no ha canviat, de fet, més fort que abans, però hi ha una diferència.

Potser no sàpigues que el cop de peu que em va donar aquell dia em va causar bastants problemes sexuals; No estic en absolut indefens, però lluito per tenir ... aquí saps què; en canvi, la idea de tenir una dona en el meu poder m'emociona molt. Monica llavors ... no parlem d'això.

Vull humiliar-la, com ella va fer amb mi. Vull que pateixi. Vull que es penedeixi d'haver-me humiliat. Vull arrencar-la de l'món que coneix i tenir-la aquí per torturar lentament, sense danyar-massa. Vull que es converteixi en una esclava, un objecte a les mans. Però ella ha de patir, rebel·lar-se, vull escoltar-la cridar de ràbia "

Els ulls de Robert s'il·luminen i es troben amb els de Sonia.

La màgia de la situació, la trobada entre els dos, els sentiments revelats trenquen les barreres entre els dos. Gairebé extasiats, els dos s'abracen, després, presos de la mà i contemplant la foto de Monica, comencen a acariciar-se.

Ara són còmplices.

No senten atracció l'un per l'altre. Però el seu desig va en la mateixa direcció.

"Robert, si sabessis quantes vegades he parlat amb el membre 231 ... el fet és que és famosa, saps? Massa ulls sobre ella. Massa persones en el seu rastre. Caldria un miracle, no sé, perquè la arrestin, o ... bah. El cas és que no vull enganyar-me. I de totes formes tenim alguna cosa per consolar-nos aquí, no creus? "

Robert assenteix, no gaire convençut.

passatemps agradable

Robert està a la seva habitació, veient les notícies a la televisió.

Quant de temps es triga? Haurien d'estar aquí des de fa uns minuts - pensa.

Toquen a la porta.

"Ah, finalment"

Els humans modificats entren a l'habitació amb un carret.

Gabriela està tradicionalment lligada a X, amb els ulls embenats i un retractor a la boca.

Com va ordenar Robert, està vestida amb calceta blanca i samarreta sense mànigues.

Es queden sols.

Mentre el conillet d'índies comença a tirar de les corretges, preguntant-se per què la interminable espera, Robert, amb sàdica paciència, es dóna la volta i observa de prop la seva presa.

És la primera vegada que troba els seus somnis fets realitat.

El conillet d'índies és un magnífic exemplar. Ara que està lligada, es pot observar de prop cada centímetre del seu fabulós cos.

Amb un dit i suaument, Robert comença a molestar-la i pessigar aquí i allà; és agradable veure-sacsejar-se, els seus músculs es posen més prominents; pot provar la seva consistència hi pessics i mordisqueándolos en l'àrea de l'pectoral i de bíceps.

El darrere és un himne a la perfecció, sinuós i tonificat.

Robert juga amb l'elàstic de les calcetes provant la fermesa dels glutis.

Ell ja havia lligat a algunes prostitutes, però de totes maneres totes consentir; i en tot cas es van deixar lligar d'una manera molt falsa.

Ara tot era diferent.

A més, encara no havia vist un cos així; És clar, el cos de Monica era una cosa inabastable, però aquest "substitut" era, però, notable. A més, mai va tenir temps d'examinar el cos de Monica de prop, excepte en aquestes breus ocasions en què ella ho donava cops.

Ara Gabriela hi era, lligada al seu mercè. Volia gaudir aquest moment.

Clack ... clack ... Robert havia decidit posar més tensió sobre ella, per reduir la seva llibertat de moviment; Braços i cames ben estirats, encara que no a al límit.

Rass ... amb unes tisores talla els tirants de la samarreta sense mànigues, per la part superior.

Un pit magnífic, amb costelles exposades (donada la posició), però amb uns pits bonics i fermes.

El retractor està subjecte a una barra a la part superior per subjectar-lo amb la vora cap amunt.

Tanta força i poder a les mans.

Amb un escuradents li punxa les cuixes, l'abdomen, les aixelles.

Els seus reflexos involuntaris són el que més el satisfà.

Amb el temps va descobrir que estimava cada vegada menys el sexe tradicional. Les obertures intents de rebel·lió de la víctima ho exciten violentament.

Fora amb les calces.

Robert es mou pacientment la seva zona genital i comença, amb unes pinces, a tirar molestament de els cabells ... tac; aquí hi ha un borrissol púbic que desapareix, el que resulta en el gemec de la víctima.

Li agrada alternar rampells ràpids i decisius amb altres prolongats i dolorosos per a la víctima, que comença a suar.

La suor fa que el cos de Gabriela brilli d'una manera agradable a la vista.

Robert l'olora i la llepa per tot arreu, després torna a la dolorosa depilació.

Aquesta nit, Robert comprèn que tots els seus patiments passats estaran parcialment justificats per les satisfaccions que obtindrà d'aquest moment. Gabriela és la primera víctima de la humiliació i el dolor físic que pot provocar el sàdic i pacient Robert.

Usant a la desafortunada com conillet d'índies, Robert experimenta amb la electroestimulació en ella, arribant a límits que mai hagués pensat en arribar a un ésser humà.

Se sent com un Déu, tenint control total sobre la bella atleta.

El plaer obtingut després de dues hores de tortura alternades amb petits jocs és molt satisfactori per a Robert, que es queda dormit durant diverses hores.

A l'despertar, veu al seu conillet d'índies esgotada per la posició en la qual va estar lligada tota la nit, però encara respon al seu toc.

Deixa anar la cadena unida a l'retractor perquè pugui veure el seu rostre. La besa amb entusiasme, amb un moviment de repulsió per part de la víctima, i després la bufeteja amb ràbia, esplaiant tota la seva frustració per la seva decepció amb Monica.

Si tan sols fos aquí en el lloc de la pobra Gabriela ... un polsim de nostàlgia s'apodera de el noi.

En els mesos següents, Robert va treballar dur per mantenir eficients tots els sistemes de vigilància i tots els dispositius elèctrics i mecànics utilitzats tant per als experiments com per a les "sessions". Gràcies a la seva imaginació i el seu geni, és capaç de desenvolupar un sistema molt més segur i eficient que el seu ara antic predecessor.

La sintonia amb Sonia i la passió comuna, reforçada pels seus gustos molt similars, els permet aconseguir excel·lents resultats en investigació, molt més enllà de les previsions de l'Membre 231.

Sovint es troben després del sopar per jugar amb conillets d'índies, torturant, violant i fins i tot humiliant-.

Altres nits, però, es troben admirant amb nostàlgia les fotos de la seva estimada Monica G.

Una tortura que són incapaços de fer, tot i les innombrables diversions que ofereix la situació.

S'acosta el Nadal de l'any 2018, quan el Membre 231, la nit de Nadal, els crida a tots dos per a una reunió.

"Seieu, estimats. No tenen idea de fins on hem avançat, gràcies sobretot a vostès, en els últims mesos. Especialment en els nous prototips d'humans modificats i la possibilitat de controlar-telepàticament a través d'altres humans modificats. Era una cosa que ningú hagués pensat. Ni tan sols jo vaig tractar d'imaginar. Per no parlar de les estructures modernitzades gràcies a el geni del nostre Robert "

Robert i Sonia es miren, una mica vermells, però conscients que els compliments són merescuts.

"Hi ha alguna cosa, però, que els entristeix una mica, tothom ho sap, encara que mai parlin d'això"

Els dos no saben com respondre-li a la dona.

"Bé, normalment no prenc la feina com una cosa personal per a aquest tipus de coses, però vaig fer una excepció en el seu cas, ja que es van unir i li van donar tant a el grup".

Es veuen una mica sorpresos, preguntant-se el significat de les paraules de la dona.

"Bé ... per ser honesta no sé si hagués pogut fer-ho, si els esdeveniments no m'haguessin ajudat ... entre altres coses, és curiós que demà sigui Nadal, bé, no veig l'hora que demà els sorprengui amb un regal ... "

Sonia interromp ...

"I aquest tall, membre 231?"

Nadal 2018 - Nadal més bonica

Monica G., àlies Fantastic Girl, es desperta estesa a terra d'una cel·la estranya, gairebé futurista; li sembla que està en una pel·lícula de ciència ficció, les parets blanques, la llum tènue, un veire a través del qual no es veu res.

S'aixeca una mica atordida. En el moment en què s'adona que té la seva disfressa gris però ja no la màscara, es recorda de tot: la nit, la baralla, la seva victòria, el dard ... i després de nou la policia, els estranys que irrompen , llavors res.

On és? Està atrapada en una cel·la, però on?

Sense saber què fer, comença a donar puntades de peu i empentes contra el vidre, però sense altre efecte que fer-se mal l'espatlla; i dir que, gràcies a la seva força, havia fet caure diverses portes d'aquesta manera, i no de forma subtil.

Una llum a l'altre costat de l'vidre.

Entren a la sala a l'altre costat de l'vidre una dotzena d'homes amb micos blaus, el mateix tipus d'uniforme que ja va veure anteriorment. Tots van armats, dues porten un carro amb uns estranys artefactes, Mònica només pot reconèixer unes estranyes corretges que aparentment serveixen per immobilitzar.

Finalment, una dona ... espera, la reconeix, és la mateixa de la comissaria de l'època de la Sònia, i la mateixa que li va fer la fatídica pregunta "ets Fantastic Girl?"

"Què està passant aquí? On és la policia? Qui ets tu, què vols de mi? No he matat a ningú, ni tan sols robat, això és il·legal ..."

"Però quantes paraules, la meva estimada Mònica, o Fantastic Girl el que vulguis. Escolta, t'ho explico tot més tard i amb molta calma ... eh, eh, no em creuràs, però tenim molt de temps disponible ..."

"¿Temps? No tinc temps per a ningú, ara vull fer una trucada telefònica, tinc dret ..."

"Ssshhhh, ja veus, la meva estimada gimnasta - heroïna, el primer que has d'entendre és que a partir d'ara no tindràs cap dret, t'agradi o no. Ara, si us plau, comença a llevar-te aquest estúpid disfressa ..."

"Escolta bé tu, puta de merda, no sé qui ets, però sóc molt coneguda, em buscaran, no rebo ordres de ningú ..."

"Eeeehhh, ja sabia jo que això acabaria així, senyors, activin la 'calefacció' ..."

Un home de vestit blau acciona un interruptor.

Els llums s'apaguen, Monica ja no pot veure res fora de l'vidre, mentre que la captiva és clarament visible des de l'exterior.

En uns segons, l'aire es torna més pesat, més càlid i irrespirable.

Monica comença a preguntar-se com és possible que això passi, on diables està. La calor es torna insuportable, la humitat és molt alta.

Mònica està molt preparada físicament, però després d'uns minuts comença a tenir problemes respiratoris. Però no vol donar-li satisfacció a la dona.

Tot d'una, la cel es divideix en dues parts mitjançant barres de metall.

L'àrea en la qual es troba segueix estant igual; a l'altra zona, Monica veu una espècie de filtre que surt de l'sostre. En cert punt, comença a sortir aigua pel filtre.

Monica comença a comprendre.

Amb totes les seves forces intenta doblar els barrots per passar d'alguna manera, però a més d'estar atordida pel narcòtic, també està esgotada pel sobtat calor.

"Veuràs, la meva estimada amiga gimnàstica, ja hauries de haver-te adonat que, si vols arribar a l'altre costat, has de treure't aquest estúpid disfressa, veus els barrots seguiran aquí fins que no t'ho treguis. Ah, i ja saps que podem disparar- un dard tranquil·litzador en qualsevol moment i que facis el que volem, si demostres ser estúpidament tossuda. Escolta, anem, ara la temperatura està per sobre dels quaranta graus, l'aigua està bastant freda, no vols refrescar-te?"

Els instints de supervivència de Monica prevalen sobre l'orgull.

No sense algunes dificultats, donada la humitat, el cansament i la suor, aconsegueix desvestir-se per complet i llançar el seu "estúpid disfressa" a terra.

No passa res.

"Escolta, em vaig despullar, què més vols que faci? Maleïda sigui!" Monica crida amb un toc de frustració en la seva veu.

Després d'una espera sàdica, la dona respon.

"Posa l'estúpid disfressa en aquesta ranura"

Un recipient surt de sota el vidre. Monica posa la disfressa.

El membre 231 ensuma la suor del el conillet d'índies en la disfressa.

En resposta, un home acciona un interruptor, pugen les barres, Mònica es llança a la dutxa i deixa que l'aigua llisqui per tot el seu cos, sense prestar atenció a les mirades indiscretes dels seus captors.

Els llums es tornen a encendre.

La dona aplaudeix.

"Ben fet, veus que no ets tan estúpida com l'aparença pot fer pensar?"

La dona comença a veure la seva presa amb una llum diferent; pensa per a si mateixa.

"Maleïda sigui, què físic. Ara entenc l'obsessió de Robert i Sonia amb aquesta dona. No crec haver vist mai un conillet d'índies tan ben fet entre tots els atletes amb els que he experimentat en més de vint anys, tot i que m'agraden homes , una dona així pot convertir a qualsevol en lesbiana. gairebé gairebé ... Podria fer que la immobilitzin immediatament, però vegem com se li dóna la lluita; no ho he fet durant anys, però li faré creure que pot escapar ... tot i que els humans modificats es queixen si algun dels seus companys resulta ferit "

"Ara la meva bella Mònica, els meus homes entraran i et immobilitzar, mentrestant tinc altres coses a fer, si us plau, comporta't si no vols ser ... castigada; senyors, és tota seva, DEIXO LES CLAUS DE L'EDIFICI AL MANS DEL CAPITÀ , tráiganla a l'oficina bastant lligada a quinze minuts ".

El membre 231 deixa que entrin els altres deu humans modificats, armats només amb porres, cadenes i manilles, un amb vestit vermell, diferent dels altres.

Monica està nua, mullada i esgotada per la calor, però el seu hàbit de barallar li ha ensenyat a avaluar cada situació.

Compte 10, dels quals el vermell ha de ser necessàriament el capità. No semblen portar armes a part de les porres. I pel que ella entén, la volen viva. Això és un gran avantatge per a algú com ella. Davant la situació absurda decideix fer al menys un intent desesperat.

Dos d'ells s'apropen per darrere d'ella amb esposes i lligams, dos més davant d'ella; els altres esperen amb porres disposats a intervenir.

Quan li prenen els braços per darrere, ella els subjecta amb força i els llança contra els dos de davant, tirant a terra; els dos agafats per ella són neutralitzats colpejant violentament els dos caps entre si.

Ara cinc homes armats amb porres s'acosten des de totes bandes a el mateix temps. Amb un poderós i ràpid salt instintiu es llança sobre un, el desarma i es guanya una porra. Els altres s'abalancen sobre ella i dos aconsegueixen colpejar-violentament els genolls, fent-la caure. Els altres dos s'aprofiten i tornen a colpejar-la a l'abdomen, però ella, gairebé com si no hagués notat els cops, els envolta amb un salt mortal.

El membre 231 observa l'escena des d'una càmera oculta. Hi havia enviat deu humans modificats entrenats en combat armats amb porres. Lluitava contra ells amb una facilitat impressionant. Els seus salts i puntades eren increïbles. Quedaven tres d'ells. Monica havia deixat anar la porra, els seus braços eren encara més letals. Amb les seves cames de marbre estrenyia a una víctima fins que es va desmaiar, mentre que amb les dues mans sostenia a la resta a terra. S'adreça a l'únic supervivent, el "capità".

Pel que podia veure, probablement menys de la meitat seguien vius. Una arma letal, una lluitadora ferotge.

El pobre li lliura les claus tremolant, després ella ho colpeja amb el puny com si fos de paper.

"Excepcional. Porta a altres vint en ..."

El membre 231 deixa el monitor per baixar.

El grup d'humans modificats, a més de ser vint, compten amb una xarxa que els facilita el seu treball.

Després de capturar-la amb la xarxa com a un animal, aconsegueixen emmanillar a l'esquena i els turmells i posar-li una mena de collaret.

La treuen de la xarxa.

"Mira cap amunt"

Monica s'atura davant de l'membre 231, aproximadament vint centímetres més alta que ella.

De prop pot apreciar el seu cos, encara panteixant per la ferotge lluita que encara es manté.

Un humà modificat la manté lligada, altres dos la subjecten els braços, ja emmanillats, amb dues cadenes als turmells, també lligats.

Nua i mullada.

El que impressiona és la feminitat incontenible, la bellesa combinada amb la força, un exemplar més únic que estrany.

Aquests pits palpitants eren tan atractius.

"Saps, estimat, definitivament sóc hetero, estic boja pels homes. Però tu ... aquí tens una cosa única, uns abdominals esculpits ... què braços i espatlles ... i les teves cames, que perfecció ... estàs suada. .. i calenta "

L'atleta de cabell fosc es remunta a quan va ser lligada i torturada per Sonia.

Ara estava en una situació molt pitjor, i no només perquè no veia una sortida.

Lligada. Nua. Els ulls d'aquesta dona sobre ella.

El seu cor comença a bategar fort en el seu pit quan la dona comença a acariciar els seus pits, abdomen, natges.

En un últim esforç desesperat aconsegueix trobar la força per expulsar amb els dos peus lligats a la cara de la dona, ara a terra amb un llavi sagnant.

"Maleïda sigui la meva estupidesa ... mai t'acostis a un conillet d'índies en persona. ¡Pónganla al llit, facin servir corretges dobles!"

Els humans modificats, tot i la superioritat numèrica, les esposes, les corretges i les cadenes ja subjectes a Mónica, lluiten molt abans de lligar per complet a l'catre, embenar-li els ulls i amordazarla amb un retractor.

"Ara és segur, senyora"

"Bé. Allunyeu-vos"

S'acosta al llit amb la dona lligada com un salami.

La quantitat de corretges limita una mica el percentatge de pell nua que es pot admirar, però és una vista bonica, en qualsevol cas, i en aquest moment és millor estar segur.

"Veuràs, puteta, mai ningú m'ha patejat. Ara bé, sóc una dona justa i no et faré res, perquè he de deixar-te intacta per ... dues persones que coneixes bé, ets un premi per a ells, saps?" I m'estic contenint. Arribarà el moment, fredament, en què et faré pagar. Com ja et vaig dir, temps no falta en absolut "

Dit això, rep el mugró dret i l'estreny amb força.

Monica es retorça més per la humiliació que pel dolor.

"M'agrada el so d'un cos nu en les corretges. Llévenla a l'oficina. Átenla a l'carret de 'les postres', jo mateixa la arreglaré".

Monica no veu res per la bena als ulls, només sent que la porten a un altre costat.

Es tanca una porta. Les mans expertes de diverses persones li apliquen ràpidament noves corretges abans de treure les velles. Amb experiència i paciència maníaca, està immobilitzada per posar-la de peu.

Aigua freda a tot el cos.

Sabó.

Les mans de diverses persones, però s'afanyen, no senten desig. Se sent com un objecte.

Li s'esbandeixen.

Amb el mateix procediment ara la immobilitzen en un carro, sempre subjecta.

S'estira fins que comprova que no hi ha possibilitat de moviment.

Per si fos poc, li apliquen corretges per sobre i per sota dels genolls, a les cuixes tant en el medi com a prop de l'engonal, a la cintura, a l'abdomen, a dalt i sota dels pits, al coll, a dalt i sota dels colzes. A la boca un altre retractor amb una vareta que puja, l'única obertura per la qual pot respirar, ja que el nas està tancada amb clips. En els ulls una vora que, a més de no mostrar res, no li permet moure ni un centímetre el cap.

Està inexorablement immòbil.

Si haguessin volgut matar-la, ho haurien fet. Què passarà amb ella? De què dues persones ella parlava?

Els seus pensaments es veuen interromputs per la sensació que una espècie d'escuma que es ruixa sobre el seu cos.

Es tira d'un interruptor i se sent la temperatura baixar.

Ens vam quedar amb Robert i Sonia a l'oficina.

"I aquest tall, membre 231?"

La dama somriu i revela un tall al llavi.

"No llegeixes els diaris, oi? Millor així, tot serà més bonic. Ah, el tall que tinc? Bé, no et preocupis, res greu, qui ho va fer ja tindrà temps de penedir-se, donat el que espera aquí. Ara acceptin ser els meus convidats per al sopar d'aquesta nit. per cert, em vaig prendre la llibertat d'inhibir els sistemes telemàtics a les seves habitacions, així que no podran seguir les notícies ... però només per aquesta nit "

"Amb molt de gust acceptem, Membre 231. Ens veiem aquesta nit"

El membre 231 generalment menja sola o amb tots els altres, poques vegades sopar amb altres persones.

Robert i Sonia van a l'habitació de la seva cap.

"Benvinguts, arriben d'hora. Les entenc, saben? Prenguin seient"

Tres cadires, res en el medi.

"¿Però que ...?"

"Cambrers, si us plau"

Entren dos humans modificats amb un carret.

Robert reconeix el carret: les víctimes estan completament immobilitzades, i se'ls ruixa el cos amb menjar per alegrar els sopars d'una manera inusual. Aquest cop el cos estava completament cobert. Un nevera va mantenir la temperatura baixa per emmagatzemar la crema. Una obra mestra, aquesta vegada van estar ocupats. Crema i merenga en tot el cos. Els grans pits estaven coberts de crema amb cireres en els mugrons. La cara coberta amb un meló buit i un pernil voltant. A la part superior un tub de respiració. Un coco a la meitat a la zona de l'engonal, estratègic. I després crema. Crema i merenga.

La baixa temperatura provocava que el cobai s'estremís, però el moviment era gairebé impossible a causa de les innombrables corretges que la contenien.

Estava completament coberta, però els dos ja podien endevinar que el físic de la dona era espectacular: alta, afilada, però amb una massa muscular considerable, 1 pit tonificat i abundant; i encara no havien vist el millor.

El cambrer porta xocolata fosa.

"Serveix-te tu mateix"

Sonia li aboca xocolata calenta a l'abdomen. La víctima panteixa, seguit d'un "nnnggghhhhh!" asfixiat.

Els comensals comencen a assaborir el menjar des de l'abdomen.

"Linda aquesta disposició, ho hauríem de fer una mica més sovint"

Robert fa broma, mullant la seva forquilla de plata en la merenga.

Després d'un parell de minuts, l'abdomen està bastant descobert. Els comensals poden apreciar els músculs, els abdominals esculpits, però encara sinuosos i suaus. El conillet d'índies és de pell fosca, però occidental.

A Robert li agrada burlar-se d'ella amb la punta del seu forquilla, provocant petites contraccions imperceptibles dels abdominals.

El membre 231 desactiva el refrigerant.

"És hora de provar-ho, no creuen?"

Sonia aboca xocolata calenta sobre el seu abdomen ara descobert. El conillet d'índies deixa escapar un crit i es retorça més. Tot i les corretges, les seves estirades fan que la guinda caigui sobre el mugró dret, de la banda de Sonia.

"Però mira, sembla que la nostra amigueta s'està rebel·lant. Mira, Robert, va arruïnar la decoració"

Robert intervé.

"Bé, mentrestant, peguem les corretges amb cinta"

Mònica, a través del mantell de menjar, aconsegueix escoltar les veus. Aquestes veus familiars ... no ... no pot ser. Ha de ser un malson ...

"On és el botó, Sonia? Ah, aquí està, què estúpida"

Escoltar aquest nom és com un cop al cor per Mónica qui, presa de pànic, comença a retorçar amb totes les forces de què és capaç.

L'altre glacejat cau, part de la merenga al voltant dels braços cedeix, les corretges semblen afluixar.

Robert prem un botó.

Les corretges s'estrenyen fins que el conillet d'índies es calma de nou, que ara té una respiració més pronunciada.

Els esforços i la suor s'han fos part de la decoració, ara es poden veure les espatlles, aixelles, bíceps, cuixes, a més de l'abdomen ja a l'descobert.

Ara els dos poden veure més detalls de el cos de la víctima, apreciar la definició muscular i la fermesa de la carn. No recorden haver vist un conillet d'índies així.

"Aquesta crema sembla apetitosa"

Això pressiona Sonia i immediatament comença a llepar-li els pits amb avidesa, seguit de Robert.

Més que menjar-se l'excel·lent crema, la seva finalitat és descobrir uns pits fantàstics, abundants, ferms, rodons, perfectament lligats als pectorals, que culminen en uns mugrons grans, foscos i carnosos.

Després de descordar les corretges per sobre i per sota de les mames, observen com les contraccions dels pectorals fan que les mames es moguin de forma vital i rebel.

Comença a formar-se suor a les aixelles.

Els dos passen ansiosament els dits i la llengua.

"Vull veure-retorçar ... tinc una idea"

Robert posa la seva mà sobre el tub - respirador i el tanca.

Després d'un minut, el conillet d'índies comença a moure com una fúria. Sònia, mentrestant, mossega el mugró de manera desagradable provocant que el conillet d'índies salti.

Robert obre el respirador.

El pit comença a pujar i baixar frenèticament, Robert aprofita per llepar amb avidesa.

Repeteix el joc tres o quatre vegades observant que la crema ja està gairebé completament dissolta.

El membre 231 els observa complaguda; es pregunta si ja sospiten alguna cosa. En aquest punt també participa rosegant la part interna de la cuixa de l'conillet d'índies i observant com es contrauen els músculs. Mai li havia passat que volgués una dona ... fins ara.

Després de vint minuts de jocs cruels, el cos està completament nu, a excepció de les corretges. I la cara coberta.

Robert i Sonia s'aturen un moment per admirar-lo.

La definició, la sinuositat de el conjunt és increïble. Cames que semblen tenir sobre elles unes natges de marbre.

"He de dir que aquesta vegada hem arribat a un límit. No crec que hi pugui haver un cos més bell que aquest. De qui serà aquest rostre. Només una persona pot igualar això, i saps a qui em refereixo, Robert ..."

Els dos es miren.

L'ombra del dubte travessa els seus rostres.

El membre 231 ho entén.

"Nois, crec que volen gaudir d'aquest moment a soles, però primer ... aquí, el diari d'ahir. Els suggereixo que llegeixin el títol a la segona pàgina ... després poden treure-li aquest estúpid meló".

S'allunya i surt de l'habitació.

Els dos s'estan adonant que potser ...

El cor els batega a mil.

Sonia llegeix en veu alta:

"SENSACIONAL: Fantastic Girl resulta ser la promesa de l'atletisme mundial Monica G., considerada per tots gairebé una extraterrestre pels seus dots atlètiques, no menys per la seva bellesa. Però el dia de la captura aconsegueix escapar d'alguna manera. Potser amb l'ajuda de còmplices. El cas és que va neutralitzar dos guàrdies i va fugir. Ningú la troba, no es va presentar a entrenament. la policia ja va donar l'alerta fronterera. la veritat és que, si abans era una heroïna estimada per tots, després de matar dos agents és culpable d'assassinat ... "

Monica escolta les paraules de Sonia i comença a plorar desesperada. Ara està tot clar. Es troba nua, immobilitzada ia mercè de dos bojos psicòpates. Amb la força de la desesperació, plorant, tira de les corretges de forma poc natural, aconseguint trencar les que l'envolten el colze dret.

Robert pressiona el botó d ' "emergència" i immediatament surten corretges addicionals de l'mecanisme, immobilitzant irremeiablement a el conillet d'índies; ara poden veure les seves llàgrimes de desesperació sota el meló.

Robert i Sonia s'acosten a el conillet d'índies, netejant lentament el poc menjar que queda al cos amb tovallons, romanent sàdicament en totes les àrees sensibles a el tacte, mentre ella es retorça de desesperació.

Quan ja no té forces per plorar s'encarreguen de el meló i de el tub, destapant la cara i ulls.

Monica ja ho va entendre, però veure'ls a la cara és com una punyalada. Com va poder passar això? Ella mai perdonarà el seu capritx de ser una superheroïna

Sònia i Robert l'observen extasiats. Un somni que es fa realitat.

Monica, en la seva presència, indefensa, encara que amb totes les seves forces. La seva força física no li servirà de res. Ara els pertany.

Com posseïts comencen a besar-la en la cara, a les orelles, acariciar-la amb renovat desig; mentre Robert té cura la cara, els pits,

Sonia llisca, amb llengua i dits nerviosos, sobre l'abdomen, cuixes, glutis, genitals.

Mònica comença a cridar de pànic i frustració, les corretges estretes en mode "emergència" li impedeixen moure, ja porta diversos minuts suant i no per esforç físic.

"Deixeu-me! Maleïda sigui, què volen de mi? Tu, cuc, hem estudiat junts durant anys ... no ... no ... atura't ... no ho intentis, ja saps ... aaaaahhhhhhhh!"

Robert, després d'haver-la deixat que es desfogués, li mossega el mugró dret amb nosa, tirant cap amunt, dolorosament per al pobre conillet d'índies, mentre amb la mà estreny l'esquerre.

Sonia s'ocupa de la part inferior, no sense una mica de malícia, conscient del "bany" que Monica l'havia obligat a fer. Mossega, pessiga, explora amb la seva llengua.

Monica, plorant, respira amb dificultat i tracta de pensar en una possible sortida.

Veu seu magnífic pit lluent de suor, sent el desig dels seus torturadors, les seves llengües i els seus dits lliscant sobre ella.

Comença a meravellar-se de si mateixa quan una estranya sensació s'apodera d'ella; els esforços inútils per alliberar-se estan marcats per sons guturals, gairebé animals. Les corretges en mode emergència, si bé són més segures, deixen un mínim de llibertat de moviment, sent més elàstiques; D'aquesta manera Mònica té l'oportunitat de forçar-los, destacant la seva imponent musculatura, amb gran agraïment a Robert i Sonia. Sap que no té cap possibilitat, però segueix fent, com un animal, gairebé ... gairebé com si li agradés que aquests dos la veiessin en aquest estat. No, no és possible.

Després d'innombrables estirades acompanyats de grunyits, Sonia adverteix un signe inconfusible de l'excitació de l'conillet d'índies.

"Escolta, Robert, vine a veure a aquesta petita gossa ..."

Robert posa un dit en l'àrea ofensiva.

"Però mira, qui hagués pensat això"

Somriuen a la víctima immobilitzada, que intenta dissimular l'enrogiment de les galtes.

Mònica, tractant desesperadament de descartar el pensament, comença a cridar.

"Ajuda ... Ei, ¿algú pot sentir-me? Vostès dos tenen idees molt estranyes, maleïda sigui, si alguna vegada assoliment alliberar-me no deixaré que t'aixequis de nou com ho vaig fer les últimes vegades"

El membre 231 irromp a l'habitació amb deu humans modificats.

"Nois, si us plau ... tenim molt temps per a això. Ara deixin que els humans modificats la portin a la seva cel·la, i permetin-me intercanviar unes paraules amb ella ... després de tot, ets la meva convidada, fastigosa gossa"

Passa un dit per la seva abdomen per arribar al seu mugró i estreny.

Monica es retorça i manté una mirada orgullosa i desafiant a la dona.

"Tu i jo hem de tenir una conversa sobre qui està a càrrec aquí i qui NO s'ha de permetre mirar-me d'aquesta manera"

Ho diu severa però controlada.

Els humans modificats es van amb el carro.

CINQUENA PART
EL COS DE MÒNICA - FANTASTIC GIRL

Presentació de la nova conillet d'índies

Hi ha molta emoció a l'illa. Tothom sap que hi ha una nova adquisició. És un succés bastant comú, però aquest cop sembla que les coses són diferents. En part perquè tothom sap qui és Monica G., les seves gestes atlètiques, la forma en què la van atrapar, com superheroïna; després de la notícia de la captura tots van anar a veure fotos de la dona a internet, tretes d'articles esportius o de vídeos en els quals participa en el salt amb perxa. Sobretot, tothom es pregunta per què no va ser inclosa entre els conillets d'índies com tots els altres. Això provoca un lleuger descontentament a l'illa, de manera que el membre 231 convoca Robert i Sonia a la seva oficina.

Els dos encara estan impactats per la captura del seu objecte de desig.

Sonia pren la paraula.

"Això ... membre 231, realment no sabem què dir ... dir gràcies és poc"

Llàgrimes d'alegria en els seus ulls angoixats, gairebé incrèduls per la gràcia rebuda.

Robert en èxtasi, incapaç de parlar.

Ara poden venjar-se de qui els va humiliar en el passat i, a el mateix temps, tenir-la com i quan vulguin.

Les fantasies dels dos es desboquen, renovades pel que sempre han volgut, possibles tortures, proves de força, fins i tot mantenint-la nua i lligada a l'habitació per humiliar-la.

El membre 231 deté els desvaris dels dos.

"Nois, el primer de tot és que no tenen res a agrair-me. Tenir un espècimen com Mónica aquí era una cosa que havíem estat esperant durant molt de temps. Una oportunitat com aquesta va sorgir amb la 'tonteria' d'ella d'esdevenir superheroi amb el que ens ho va posar fàcil. la raó per la qual no han de agrair res ... és que TOTS els integrants de l'illa podran apreciar ... les seves qualitats, a més hi ha moltes proves

- experiments per als quals es necessita una femella amb aquestes característiques "

Els dos mai ho havien considerat des d'aquest punt de vista i un toc d'ira - gelosia els agafa desprevinguts.

Sònia, una mica espantada, intervé.

"Però ... bé ... amb el degut respecte, però usar una dona ... eh ... conillet d'índies amb aquest potencial per a certes proves, sembla un malbaratament ..."

"Oh, però vols dir a el dany que podria patir ... saps què? Pràcticament has acabat la 'màquina regeneradora'; bo, considera-ho un al·licient per accelerar els preparatius, i, anem, la seguiràs tenint. Robert, tu reponte aquesta cara. Som sis, més d'una vegada a la setmana podreu 'jugar' amb ella, potser fins i tot amb el teu col·lega ".

Robert i Sonia senten una mica de fred per la seva aclaparador entusiasme inicial, però es donen compte de la situació en què es troben.

"Diguem-ho així, tens dos dies per completar la màquina, llavors ... bo llavors Mònica haurà de passar per les mans del nostre Paul, amant de el fuet, i fins per les meves mans, ja que ella i jo tenim un assumpte pendent".

Monica passa la nit a la seva cel·la. Si no fos per la fatiga física, no podria dormir; massa preguntes en el seu cap sobre on és, què li espera en el futur. Quin és el propòsit d'aquestes persones? Què li faran a ella? Sobreviurà? Tant la humiliació com el dolor físic la espanta. En el pla físic, mai ha tingut problemes per suportar el dolor i la fatiga. Però quin va ser aquest sentiment d'abandó i alleujament que poc l'havia omplert quan estava nua i lligada a les mans d'aquests dos?

Un cop al matalàs li desperta, és ella amb un vestit lleuger lloc.

"Desperta estimada, el meu esgarriada conillet d'índies."

Monica s'adona que aquest no és el moment de rebel·lar-se i no diu res irrespectuós a el membre 231.

"En peu".

Ella obeeix.

El membre 231, normalment, hauria, en aquest punt, ordenar als humans modificats que entrin, immobilitzar les mans i peus, després portar-la a gimnàs, exercitar-la, mantenir-la en forma; ja que el més important en aquests dies és avaluar el seu potencial i amb quin propòsit podria usar-se.

El procediment normal preveu que, després d'un matí de treball al gimnàs i la piscina, s'alimenti a la cobai, se li deixi descansar un parell d'hores i després se li demani que faci un entrenament específic que pot ser córrer, electroestimulació, nedar o millores específiques. Després dutxa final, sopar i, pels exemplars més agradables, una vetllada amb un dels membres de l'illa per "alegrar" la seva estada. Òbviament, totes les sessions d'entrenament de l'conillet d'índies són supervisades per a l'almenys cinc humans modificats; Els conillets d'índies sempre estan immobilitzats o col·locats en llocs des dels quals no poden fer mal (com la piscina amb vora alt, el camí barrat a l'illa i al gimnàs amb barres).

El membre 231, però, en lloc de passar pel procediment normal, es deixa temptar, no té paciència per esperar el seu vetllada.

"Escolta, gossa, no vull que els meus soldats armats et immobilitzin, et facin mal o possiblement et castiguin; has de saber que podem aturdirte amb armes paralitzants en qualsevol moment per obtenir la teva obediència, d'una manera o una altra, així que espero que siguis prou intel·ligent com per obeir "

Silenci.

"Bé, comença a trotar a l'acte"

Monica, una mica sorpresa per la petició, tot i estar molesta a l'orgull de ser anomenada "gossa", comença a trotar.

El seu trot sobre el sòl de l'habitació és lleuger i sense dificultat.

"Bé, aixeca una mica més els genolls"

Ho fa.

Després de cinc minuts de trot lleuger, Monica no sent el menor signe de fatiga.

"Levántalas més"

Monica sembla un ressort, no té la menor dificultat. És impressionant com combina poder amb gràcia i elasticitat.

Les seves cames són una amb el seu cos en moviment.

Un tot perfecte.

"Atura't, respira una mica"

Monica aprofita l'oportunitat per recuperar l'alè (encara que no ho necessitava).

El membre 231 no nota ni una gota de suor a la cara de l'conillet d'índies.

"Flexions, Monica; comença a fer flexions; peus junts i cos recte, no parells fins que t'ho digui"

Comença.

Perfecte.

Una facilitat impressionant.

Després de cinc minuts, no mostra signes de disminuir.

El membre 231 ha d'anar a l'bany.

"El capità de comprovar que segueixes fent flexions; torno de seguida; ah, si us plau no t'aturis i tampoc baixis la velocitat, en cas contrari ... bé, trobarem alguna cosa dolorós que fer immediatament, gossa"

Mentre la dona s'allunya, Monica continua amb l'exercici. Ara es penedeix una mica d'haver-li contestat malament a la dona el dia anterior. Però sap que va actuar seguint els seus instints i el seu orgull segueix intacte.

El membre 231 torna de l'bany i observa a l'conillet d'índies. El seu moviment és sempre regular i suau, però la respiració comença a ser dificultosa.

Després de quinze minuts, calculant una flexió per segon, ja haurà fet gairebé nou-centes flexions.

Hi havia presenciat cobais mascles que arribaven a les tres mil, en qualsevol cas, quan van arribar a mil, el seu ritme es va reduir dràsticament. Monica ... bé, només un petit alè.

"Amb tu vull que es dupliqui la vigilància ... o millor, es tripliqui; capità, que vinguin altres deu; han de ser quinze, dels quals cinc estiguin armats. Maleïda sigui ... vull veure't suant, estic impacient. Tu, aixeca una miqueta la temperatura "

Fet.

Monica comença a sentir-se cansada, es forma suor tant pel cansament com per la calor de l'habitació.

En algun moment, inevitablement, comença a disminuir el seu ritme.

El Membre 231 està satisfeta amb el resultat obtingut.

"Bé, enhorabona; dempeus"

Monica, respirant amb dificultat, s'aixeca.

Per a ella va ser una mostra d'entrenament, però res particularment exigent; només li molestava l'augment de temperatura.

Aquest és el moment que estava esperant.

"Treu-te la roba".

De mala gana, ho fa. Fora amb la part superior de l'vestit.

"Completament; t'estimo completament nua"

Fet.

"Les cames separades i les mans per sobre del cap".

Aquesta visió mai ha estat abans vista per ella. No obstant això, en tots aquests anys havia vist a molts atletes, diversos negres; la suor fa brillar les seves belles formes.

Des de l'interior de la cel·la Mònica fa el que se li ordena per evitar represàlies immediates, mentre manté una mirada orgullosa que presencia la seva temperament res submís.

A un senyal de la dona, deu humans modificats ingressen a la cel·la, immobilitzant amb dobles corretges (segons va ordenar la dona) a una barra amb ganxos que ha sortit de l'sostre de la cel·la, els altres cinc a una distància segura amb les armes paralitzants apuntades.

Per quan les seves nines estan subjectes a sostre, Mònica encara té les cames lliures i sap que podria noquejar el menys a cinc o sis d'ells; però com tractar amb els altres i especialment amb els armats? Així que també permet que li amarrin els turmells a terra. Ara està lligada a X de peu.

"Tirin ella una mica".

El capità opera la barra amb un control remot apropant-la a l'sostre. Quan els peus de Mónica estan a deu centímetres de terra i els seus moviments es limiten a un cert balanceig, s'atura el mecanisme.

El membre 231 està sorpresa.

S'acosta amb sàdica lentitud a Monica encadenada i la ensuma.

La seva suor és agradable a l'olor. Els pits, després de l'esforç, tenen un bell color rosa; el pit puja i baixa mostrant tota la feminitat animal de la dona.

Llengua en les aixelles. Mònica, que havia tractat de romandre immòbil per no satisfer a la dona, dóna estirades incontrolablement i tira de les corretges, per agraïment de l'membre 231.

"Mmmm, és possible que tinguis pessigolles? Ja veurem, ja veurem, potser un altre dia. Ara deixin-nos a soles."

Els humans modificats es retiren. Monica es pregunta què vol la dona d'ella. Sap que no hauria d'haver danyat el llavi, ara cobert amb una bena. Té un gest instintiu i comença a tirar de les corretges que, però, a l'ésser en part elàstiques, absorbeixen el seu esforç il·lès i sense cedir. Després, renova obstinadament l'esforç aconseguint doblegar braços i cames prou per tenir més apalancament.

"Sentin vostès, tornin aquí per un moment! Ràpid"

Els humans modificats han tornat amb una gran carrera.

"Vull que agreguin més corretges; serà millor que estiguis ultra segura, fins i tot encara que mai poguessis trencar-les de totes maneres, gossa".

Monica se sent molesta, però manté el seu comportament i no demostra rebuig. Efectivament, hauria estat impossible alliberar-se, però la dona té por molt, després del cop de peu anterior.

Ara està encara més ajustada que abans, les corretges extra li deixen molt poc moviment.

"Ara poden anar-se'n"

Ara estan soles.

El membre 231 mira fixament a Monica durant cinc minuts i roman immòbil. Monica no diu res i no delata emocions.

"Bé, tens un bon temperament, gosseta"

Monica té una mirada fixa i orgullosa i evita la mirada de la dona.

La respiració és més tranquil·la ara.

"No parles. Què hauries de dir d'altra banda? Les gosses no parlen. A el menys podries disculpar per la meva tall als llavis, no et van ensenyar educació?"

Silenci.

A el toc de la dona en el musculós abdomen, Monica fa un salt.

"Ah, però aquí estàs. Escolta, descarada, en uns dies et tindré tota una nit. No sé d'on véns, com pots ser tan bella i forta a el mateix temps? A vegades he pensat que no hi pot haver ningú així en aquest planeta. Oh, però no et preocupis. et faré patir. Físicament. I després em Pregaràs que et perdoni "

Rosegar l'abdomen al voltant de l'melic, llepar els pits i els mugrons. Sembla un somni. Li mossega el mugró esquerre i Monica es sacseja, més d'orgull que de dolor, i gira el cap cap a un costat.

"Miraràs cap avall i em Pregaràs que et besi, dient que sóc la teva única Deessa a la Terra".

Li mossega el mugró amb força, Monica reprimeix un crit, però un "nnngggghhhhh!" se li escapa.

"Per avui està bé, però no acaba aquí ... ens tornarem a trobar aviat; ja saps, tinc el comandament en aquesta illa oblidada pel món".

Monica, davant la paraula "illa", té un moment de pànic. Les seves possibilitats d'escapar són pràcticament nul·les si es troba en una illa.

Per ara està orgullosa de no haver sucumbit a la dona.

Els humans modificats tornen per a la rutina diària i el dia transcorre sense problemes.

Sònia i Robert estan treballant assíduament a la màquina regeneradora.

A la pràctica, és un ou gegant on qualsevol que es posi dins durant cinc minuts pot curar-se de tot tipus de ferides, malalties i lesions. No pot fer res contra l'envelliment normal, però fer-lo servir cada dia pot allargar molt la vida, en teoria.

Després de diversos intents amb conillets d'índies després d'haver-los sotmès a petits talls, cremades, raspadures, Sonia i Robert van anar més enllà, sotmetent als conillets d'índies a traumes severs, esquinços, mutilacions parcials, i després els van curar amb resultats sorprenents. Ara estan completant proves per millorar la fiabilitat i eficiència de la màquina.

Robert s'ho prova en ell mateix. Encara que no estigui ferit ni malalt, el fa servir durant dos minuts. Un cop fora, se sent com si acabés de despertar d'un somni de dies i dies, completament nou, la seva postura més alçada, el seu cos més tonificat. Es pregunta quin efecte podria tenir ... en ella. Sonia també l'hi pregunta.

Reunió especial.
Sala de reunions amb Sonia, Robert, Julia, Samantha i Paul.

Entra el membre 231, els altres es posen de peu en senyal de respecte.

"Bon dia estimats companys. Avui els presento a l'esperada Mònica. Hi ha molta curiositat per part de tots, homes i dones. Entre nosaltres confesso que quan la veig sense roba meu heterosexualitat flaqueja molt. Ei, mirin aquest enregistrament: després de la seva captura la vaig veure i em va cridar l'atenció el seu físic, així com el seu rostre, així que vaig posar a prova les seves habilitats de gimnàstica - lluita donant-li una falsa esperança d'escapar. Només puc dir-los que estava desarmada. (a més de nua, no vaig poder evitar despullar) contra deu humans modificats armats amb cadenes i porres ... bé, mirin ":

La pel·lícula de la baralla procedeix des dels moments inicials en què se la veu envoltada, en el moment del seu atac, després als cops que rep, ella que s'aixeca com si res, la seva victòria momentània. Després l'escena, el vídeo continua amb l'entrada dels altres vint que la atrapen, no sense dificultat, gràcies a la xarxa, així com a l'evident superioritat numèrica. L'escena de la baralla de la Membre 231 va acompanyada d'un "oohhh" de sorpresa general. Després es la va lligar a l'catre amb corretges. A la fi de l'video, algunes imatges fixes destaquen alguns moviments acrobàtics gairebé antinaturals, així com les seves magnífiques formes.

Julia i Samantha, notòriament rectes, es miren preocupades.

"Membre 231, té raó, no conec a la meva col·lega Samantha, però a l'veure un exemplar així puc canviar de costat amb força facilitat; sentin, mirin quan la colpegen, té un moviment boig; animal però agradable; poderós però sinuós, una velocitat d'execució gairebé inhumana ... mmm ... qui sap quantes coses podem fer que intenti ".

Intervé el membre 231.

"Bé, sense més tràmits, aquí està l'original".

Els humans modificats porten una gàbia. A dins, Monica porta un vestit de bany morat. Està encadenada pels canells, els turmells i amb collaret subjecta a la part superior de la gàbia, amb poques possibilitats de moviment. Embenada i amb refractor a la boca.

"La emmordassi, és rebel, no vull que ofengui als meus estimats companys. Ja m'ha ofès a mi, però jo no sóc susceptible ... bé, també perquè sé el que li espera".

Mònica s'adona que està sent observada per diverses persones, però fingeix indiferència.

Paul pren un agulló elèctric i li dóna un cop a la natja dreta, el que fa que el conillet d'índies jadee mentre ella comença a retirar-se. Les cadenes, encara que gruixudes i segures, li permeten llibertat de moviment per la qual cosa apropa l'abdomen a l'capdavant de la gàbia; però aquí l'espera Sonia, també ella amb un agulló, i li dóna un cop a l'abdomen, fent-la retrocedir.

Els altres s'uneixen a el joc i per Monica la situació es torna "urgent" per dir el menys. Es burlen d'ella al seu torn, des de cada costat de la gàbia, de vegades a intervals curts, de vegades amb pauses sàdiques, sense dir una paraula.

Els agullons no són especialment dolorosos, sobretot per a un exemplar robust i sa com ella, però són molt molestos i, sobretot, provoquen moviments incontrolats del seu cos, oferint un bell espectacle als torturadors.

El vestit de bany d'una peça li dóna un toc de color a la seva persona, però, deixa poc espai a la imaginació dels sàdics espectadors. Samantha s'aprecia com el seu cos, a l'moure, crea dinàmiques musculars molt sensuals, coses que no es podien notar a la foto.

Després de diversos minuts Mònica comença a enutjar i retorçar com fúria salvatge, oblidant que s'havia proposat contenir les seves emocions i frustracions per no donar satisfacció a qui l'estava torturant.

Paul, sàdicament, activa el fibló a la part interna de la cuixa amb una acció prolongada durant uns segons, obtenint un grunyit sufocat per la mossegada. El soroll de les cadenes tocant-se entre si i la vista d'elles embolicant aquesta obra d'art vivent són una benedicció per als torturadors sàdics.

Monica està exhausta. La seva ira es converteix en frustració i no pot contenir les llàgrimes. Tot i això, els fiblons la toquen una i altra vegada, inexorablement. Ara el seu pit puja i baixa de forma convulsiva, fora de control.

"Detinguin".

El membre 231 ordena portar a el conillet d'índies a centre de la taula al voltant de la qual se sentin els col·legues.

"Estimats companys, aquí hi ha el programa de les primeres setmanes: tots els matins Mònica s'entrenarà, es mantindrà en forma segons el procediment; a la tarda farem tot tipus de proves, sobretot la primera setmana; a la nit, ja imaginant que tots la volen tenir, el torn primer serà el nostre ... per ser la meva joguina, oi gossa? "

Es burla d'ella de nou amb el seu fibló. Monica emet un "nnnggghhhhh" de ràbia, sobretot per la paraula "joguina", sense saber el que li espera, i comença a estirar les cadenes. A l'estar una mica suada, el seu cos es veu encara més animal.

"Caldrà preparar un calendari ... ah, suposant que jo, Robert, Sonia i Paul vulguem, ¿vostès dos, Julia i Samantha? ¿Què els sembla? També poden seguir amb els nois, si volen, ningú els obliga"

"Miri, Membre 231, com ja vaig dir abans ... això crec que puc dir amb absoluta certesa que, per primera vegada, ens interessarà el cos femení, això supera qualsevol altre conillet d'índies que hàgim tingut".

Dient això, Samantha passa un dit des del melic fins a l'aixella de la gossa encadenada provocant-altra reacció incontrolada i un "nnggrrrrr" sufocat.

"La gossa ladradora no mossega; mira el seu cos, sembla una salvatge"

El membre 231 continua.

"Llavors, el dilluns Julia i Samantha, dimarts Paul, el dimecres descans (després de Paul m'agradaria molt veure si encara està fanfarronejant), el dijous jo, divendres Robert, dissabte Sonia, diumenge descans. Crec que per a la primera setmana podria ser així.

Avui els donarem una prova de les seves ... habilitats físiques, oi, gosseta?"

Toc, toc per darrere en les natges amb el conseqüent arrencada de Mònica.

Rutina d'exercici

"Nnnggghhhhh"

Monica panteixa quan els humans modificats li treuen la mordassa.

Ara està a l'aire lliure; per primera vegada s'adona que està realment en una illa; la vista de la mar al voltant de Mónica té un començament de desesperació.

Però ara ha d'esbrinar què està passant.

Hi ha altres persones vestides com ella, encara que sigui amb banyadors de diferents colors, dones en biquini o com ella amb banyador d'una peça, homes, amb eslip. Semblen ser persones físicament forts, esportistes de diversa índole. Els envolten humans modificats armats, un passadís que s'assembla a una gàbia oberta. Des de la seva posició, Monica pot veure que el passadís - gàbia continua fins on arriba la vista.

No gaire lluny, un home nu està lligat a X a l'aire lliure, a un mecanisme que gira lentament, exposant-lo a el sol en la seva totalitat. Monica s'espanta i se li gela la sang a l'pensar en el que podrien fer-li.

Apareix el Membre 231, juntament amb els dos idiotes i altres fora de la gàbia.

"Bon dia, conillets d'índies".

"Hola, Membre 231"

Els conillets d'índies responen a l'uníson, espantats, Mónica exclosa.

"¿No et van ensenyar a saludar, gossa?"

Monica es queda quieta amb una mirada orgullosa.

"Saps que la teva força aquí no t'ajudarà, oi?"

Ella assenteix amb el cap-vuit humans modificats s'acosten a ella dins de la gàbia amb les seves armes apuntades.

Mònica mira el desafortunat home que es manté sota el sol a la força i renúncia a l'orgull.

"Bon dia Membre 231"

"Però bé, estem aprenent bones maneres; no ets tan estúpida com sembles, gossa ..."

Monica té un moviment instintiu per córrer cap a la tanca, temptejant per escalar i colpejar-la de nou, però tan aviat com insinua un moviment, els humans modificats bloquegen el seu camí i li apunten amb les seves armes.

El membre 231 somriu amb aire de suficiència.

"Per als que no estan familiaritzats amb les regles - un gest de complicitat a la Mònica - són cinc homes i cinc dones, més altres deu que acaben d'acabar, però que no tenen idea el temps que ja han fet ... vostès faran una volta de tres quilòmetres. Donarem la sortida en ordre aleatori, els cronometrarán. a cada volta s'aturarà l'home i la dona més lents i seran considerats últims classificats. Per a la resta de nou igual, cada tres quilòmetres hi ha una eliminació. la classificació es fa en l'ordre d'eliminació i després pels temps No cal dir que els últims tres es faran servir ... per a experiments desagradables, de la setena a la cambra ... res a fer, el segon i el tercer un dia lliure i el primer .. . una setmana sencera lliure "

Monica sent la tensió en els altres "competidors". És la quarta a sortir.

No sap quina estratègia adoptar; ella va semblar entendre que tots són atletes; ha de competir amb les dones, algunes de les quals tenien un físic més massís, per a carreres curtes; en aquestes pot imposar-se en llargues distàncies, però té por de ser eliminada en els primers tres quilòmetres. Per això, sense massa càlculs, s'enfoca en ser part d'una gran carrera.

En el primer quilòmetre Mònica s'adona que l'home que va sortir després d'ella l'està assolint. Això no hauria de ser un problema, ja que competeix amb dones, però és la primera vegada que un home la segueix i va fins i tot més ràpid que ella; potser els altres presoners hagin estat "trets" de el món de l'atletisme; a més, la forma en què es mantenen i s'entrenen cada dia podria augmentar el seu rendiment. Per tant, comença a accelerar, una mica espantada i temorosa pels anomenats "experiments". L'home ja no s'acosta a ella i manté una distància constant. A la fi de la volta per l'illa, veu la figura d'un home a què gairebé ja ha assolit. A la seva arribada a la meta, els humans modificats estan preparats i els altres estan amb cronòmetres i ordinadors. Després de la línia de meta, els humans modificats el detenen amb les seves armes apuntades; immobilitzen l'home que estava davant d'ella i l'aparten de camí; li sembla que està aterrit i plorant. Òbviament ell és el primer a ser eliminat i sent certament l'últim o el penúltim sap què esperar. Mònica, pensant que ja no serà de les últimes, pren els últims metres amb una velocitat més tranquil·la per preparar-se per una cursa de distància.

El moment de la veritat: passa la meta ... no veu moviments particulars, pot continuar. Ara comprèn la crueltat de el joc: haver de córrer sense referència i sempre en el teu millor moment. La pressa presa a la fi de la volta la va cansar una mica, però recupera la força i la consciència a l'pensar en tots els seus entrenaments fets en el passat, i a l'pensar que ella, després de tot, és Monica G. Amb la seva respiració es recupera i comença a augmentar el seu ritme. Després de la segona volta encara està en carrera i això la consola donat la por que se li va escapar del que li podria passar; a més, l'home que l'estava arribant ja no es l'aproxima, bon senyal. Ara s'acosta a la idea de poder guanyar a el menys un dia de llibertat.

Pobre ingènua, Monica no s'adona del que passa a la zona de contrarellotge. El Membre 231 observa amb incredulitat les dades cronomètrics juntament amb els altres: després d'una primera volta en línia amb els altres conillets d'índies, Mónica va ser la més ràpida en la segona volta, fins i tot per sobre dels homes; en la tercera volta és l'única que ha baixat els temps en lloc d'augmentar-; el seu pas és admirat per tots: una excel·lent carrera, que no sembla produir-li el menor cansament; només després dels primers sis quilòmetres es comença a veure suor en el seu magnífic cos, que embelleix les seves ja esplèndides i esveltes formes. El membre 231 es dirigeix als seus col·legues:

"Com veuen, el que es diu d'ella sembla ser cert, al menys en carrera, com és un exemple més enllà de tots els paràmetres, després competirà a la piscina, tot i els procediments que prohibeixen dues curses el mateix dia; aquí podria guanyar fàcilment, sense si més no cansar-se gaire, però li farem creure que va acabar quarta ... no hi ha manera de donar-li un dia lliure, tinc moltes ganes de provar-la ".

Mònica a la quarta volta sent els primers signes de cansament, però la seva carrera va bé i veu la possibilitat de guanyar un merescut descans.

Però en la quarta volta la detenen, amb una mica de sorpresa: ¿és possible que algú hi ha estat més ràpid?

"Bé, gosseta, com el primer dia no està malament. D'una pèl no vas acabar tercera ... paciència, serà per a un altre moment"

La immobilitzen i la porten a l'interior de el centre de detenció, a la seva cel·la. Aigua a voluntat i alguns complements alimentaris.

Després de quinze minuts de descans total, Robert i Sonia s'acosten a la cel sols.

"Hola Monica"

Robert comença.

Sonia observa, sense saludar-la, a el cos de cap a peus en el seu vestit de bany d'una peça.

"Vés amb compte, gossa"

Robert somriu.

Mònica, malgrat els quinze quilòmetres a una velocitat vertiginosa, encara té una mica d'energia. Es llança amb totes les seves forces sobre el vidre, patea i cops de puny, crida i carrega contra els dos excompanys.

"Maleïda sigui! Què volen de mi? Mai em aconseguiran, sinó que abans em mataré! Entens, tu, monstre de la naturalesa? ¿I tu, psicòpata? Mai em tindràs!"

En resposta, Sonia activa l'interruptor que eleva la temperatura, amb la cel dividida en dues parts i l'aigua que flueix d'una dutxa.

Monica comença a suar, la calor es torna insuportable després de pocs minuts.

Sonia es torna cap al espantat Robert:

"No et preocupis, estima massa la vida com per suïcidar-se, una cosa són les paraules dites per una bèstia enutjada, una cosa és que el matin de debò ... ja saps, la conec ... bé, bastant íntimament"

Monica, quan sent que la temperatura torna a pujar, s'adona que la seva és una batalla perduda.

"Està bé, n'hi ha prou, faré el que vulguis, només digues-me com fer per posar fi a això"

"Posa atenció, gossa"

Monica ho fa, amb llàgrimes als ulls.

Sonia prem un botó, baixa la calor, puja la reixeta i Monica es dirigeix a l'aigua.

"Alt"

"Però com, no vaig fer el que volies?"

"Encara no, gossa; has de canviar-te per a la propera cursa; treu-te el vestit de bany"

Monica ho fa de mala gana.

"Posa el banyador a la ranura. Bé. Ara torna't cap a nosaltres, agenolla't i posa les teves mans sobre el teu cap"

Des del vidre, Robert i Sonia miren al seu presonera agenollada.

Robert intervé, fins a aquest moment s'havia quedat a l'marge deixant les regnes de el joc a Sonia.

"Prefereixo que estiguis de peu ... puta"

Monica es posa vermell; fins a aquest moment, Robert havia semblat amable.

Robert, no pot reprimir un somriure sàdica. Està superant la timidesa cap al seu ex amor. Ara ella està nua, de peu ia la seva mercè. Pot veure els seus músculs en cada centímetre, el seu pit palpitant. La força física de l'conillet d'índies és inútil enfront dels sistemes d'immobilització de l'illa, el contrast entre ella i els dos s'accentua encara més per la nuesa i el fet que els domina en alçada.

"Bé, bé, aviat podrem estudiar el teu cos i sense presses, ara date la volta, ensenya'ns el teu cul ferm"

Mònica sorpresa es dóna la volta amb tota la seva majestat. Vist des del darrere, destaca la fermesa de les cames llargues, glutis i·esquena. Els músculs dels braços vistos des del darrere són una escultura vivent i es mouen com fletxes.

"Separa les cames i inclina't cap endavant, ara, recolzant els braços a terra"

Monica sent que es posa vermell a el sentir un objecte fred com el sòl a les mans.

En el moment en que s'inclina, se sent vulnerable a la vista dels dos en tota la seva privacitat. Els abundants pits destaquen entre les cuixes, les cames queden rectes gràcies a una flexibilitat poc comuna. Els dos es queden amb el coneixement que aviat ho tindran totalment disponible.

Mònica, en aquesta posició, després d'intensa activitat física i cansament, sent un estrany calor que surt del seu estómac; una estranya sensació de plaer s'apodera d'ella.

"¿Com és possible?"

Tots dos es pregunten.

Sònia i Robert es miren una mica sorpresos, gairebé llegint-se la ment, atrapats pel dubte d'un possible grat per part seva.

intervé Sonia

"Bé, pots anar a refrescar-te".

Monica, en lloc de sentir alleujada, és gairebé reticent a deixar el lloc, però ràpidament descarta la idea i es dirigeix a l'raig d'aigua, refrescant-.

Fantastic Girl

La següent prova es realitza en bikini, amb top vermell i calceta blau, d'aquests bastant mesurats, deliberadament estrets per ressaltar els seus pits i els seus mugrons que, gràcies a l'aire fresc, quedaven bastant evidents.

Es troba en una piscina amb una vora de dos metres d'alçada, per evitar qualsevol intent de fugida. Hi ha homes i dones com a la cursa anterior, les regles són les mateixes, amb les voltes cobertes com a paràmetre.

Després de deu voltes es veu a el primer eliminat. Una dona, espantada per la perspectiva dels experiments als quals s'anava a sotmetre, té la malsana idea d'intentar escapar una vegada que surti de la piscina. A l'ésser molt fort físicament, aconsegueix vèncer a sis humans modificats malgrat les esposes en les seves nines, abans de ser atordida per les estranyes armes.

Mònica no s'atura massa i tracta de donar el millor de si mateixa, tot i la carrera de quinze quilòmetres que acaba de fer. Nedar és una de les coses que millor fa.

El Membre 231 observa els horaris com de costum i nota la mateixa tendència que ja s'entreveia en la carrera: la noia sembla millorar amb el pas el temps. Aquí també, després de l'començament tranquil, comença a ser fins i tot més ràpida que els homes. I fins i tot aquí, es va decidir "aconseguir-la" cinquena, tot i la clara possibilitat de poder veure-la al graó més alt de podi, fins i tot millor que els homes ja després de la primera cursa.

Monica s'està, fins i tot aquí, una mica sorpresa, però per ara es contenta amb no haver acabat en els últims tres llocs.

Però la idea d'escapar li ha sorgit després de veure l'intent de la nedadora anterior.

Es va adonar que a la banda de la piscina hi ha un emplaçament d'un helicòpter i potser ...

Aquesta idea la fa envalentir i aprofitant la fila que es va a fer amb els nedadors i abans que la tornin a encadenar va aprofitar l'última oportunitat que creu que pot tenir abans del que l'espera a la nit amb el Membre 231, per intentar anar cap a l'helicòpter.

Derroca als dos humans modificats que la circumden i va directa com una fletxa cap al Membre 231 que es queda sorpresa per la ràpida reacció de la dona.

En aquests moments torna a convertir-se en Fantastic Girl.

Aprofita 1 pal que recull de terra i amb la seva ajuda el planta a terra i d'un salt increïble passa per sobre dels guàrdies que ha manat el Membre 231 en la seva captura després de la primera reacció de sorpresa, i aterra a la banda d'ella , donant-li una nova puntada de peu a la cara i immobilitzant-la.

"Com algú s'acosti a mi la mato aquí mateix, maleïts!

El Membre 231 fa un gest als humans modificats perquè es mantinguin allunyats.

"¿Ara què faràs, gossa? Em estaves començant a caure bé però després d'això vas a patir més del que puguis imaginar, puta "

"Calla maleïda o et trenco el coll ara mateix, anirem tranquil·lament cap a l'helicòpter ..."

La Membre 231 s'adona que hi ha una possibilitat real que es pla funcioni tenint-la com a ostatge i amb el fort que és fins i tot després de dues proves esgotadores ....

Per això intenta distreure ...

"Mira ... aquí estan Sònia i Robert ¿no vols dir-los alguna cosa?

Monica mira un moment cap a on assenyala la Membre 231 pel que aquesta aprofita per intentar escapar-se, però la força amb que la subjecta és tal que immediatament Monica s'adona de la maniobra i li dóna un cop de puny a l'estómac.

"La propera vegada que em vulguis intentar enganyar et mato, puta. On és el pilot de l'helicòpter? Crida-perquè vingui i ho prepari "

La Membre 231 fa el que li diu pel que en uns moments apareix una persona vestida de militar a la banda de l'helicòpter i entra per posar-lo en funcionament.

En això Sonia i Robert ja estan al costat d'ells amb unes cares difícils de desxifrar, però semblen desconcertats.

"¿Membre 231 que està passant aquí?"

Monica els mira amb un odi tal que retrocedeixen, però no prou ...

Fins i tot amb la Membre 231 subjecta amb un braç Monica llança una pota mortal cap a ells donant-li a Sonia directament al coll. Aquesta cau fulminada a terra, morta a l'acte.

Robert es queda paralitzat per la sorpresa i l'horror a l'veure la seva amiga caure morta, el que permet a Monica llançar una altra puntada de peu cap a ell aquesta vegada en els genitals amb tal força sobrehumana que Robert llança un xiscle inhumà de dolor i es refrega pel sòl.

"Això perquè et deixin de funcionar definitivament els ous, puto sàdic"

I amb un ràpid moviment s'introdueix en l'helicòpter, que ja està en marxa, darrere de la Membre 231 a la qual ha empès dins.

"Bé, ja t'imagines el que vull així que ordénaselo!"

"Pilot, anem a el continent"

L'helicòpter es comença a elevar permetent Monica tornar a respirar, s'havia adonat que portava una bona estona aguantant la respiració, i comença a entreveure que estava aconseguint sortir d'aquest infern.

Quan l'helicòpter ja està sobre el mar a uns quants quilòmetres de l'illa, Monica, Fantastic Girl, es torna a la Membre 231 ...

"Puta, va ser un plaer conèixer-te ..."

I la llança a la mar ...

EL JOC DE DESVESTIR

123

Paul i jo havíem anat a una festa feta per amics seus.

No coneixia gairebé ningú, però semblaven un bon grup.

Paul es va disculpar i va començar a parlar amb uns companys que no havia vist des que va acabar la cursa, així que em vaig quedar sol.

Em vaig abocar una mica de sangria i vaig començar a beure tranquil·lament, buscant al voltant algú que coneixia.

Tothom estava ocupat parlant amb algú i ell no volia interrompre cap conversa.

De sobte, vaig veure un parell de persones lliscar-se per la porta del darrere de l'habitació.

En poc temps, també hi van entrar tres persones més.

Després un més.

Això era massa per a la meva curiositat, així que vaig decidir veure què passava allà dins.

Vaig obrir la porta i vaig veure un gran grup de persones mirant cap al centre de la sala.

Em vaig posar de puntes per veure què estaven mirant i vaig descobrir un noi d'uns vint anys assegut sobre una taula amb una capsa plena de cartes a la mà.

La gent va riure sense parar i em va despertar encara més la curiositat.

Vaig decidir demanar a algú per saber-ho.

Vaig donar un cop a l'espatlla a una noia que tenia davant meu.

"Ei, ho sento. Què és tot això? Vaig preguntar, alçant la veu per sobre del riure.

"Estem jugant" T'atreveixes? " "Va respondre" Vols jugar?

"No sé jugar", vaig dir.

"No importa, t'ho explicaré ara mateix", va exclamar. Ja veuràs que fàcil és. Quan arribi el teu torn hauràs de triar una carta de la caixa que porta el 'moderador' del joc, que és el noi de la taula. Hi ha un "repte" escrit a la targeta que has de complir. Si decideixes no complir, hauràs de pagar una penyora. T'has de treure una mica de roba.

"Ho entenc. Per això hi ha aquell allà sense camisa", li vaig dir assenyalant un home que reia. "

"Això és", va respondre "És que estem jugant una estona. A més d'això n'hi ha d'altres que ja han fet un penyorament. Aquella noia ja està en calces i em vaig haver de treure les sabates".

Vaig mirar els seus peus i vaig veure que deia la veritat.

Vaig somriure, li vaig donar les gràcies i vaig sortir de l'habitació.

Vaig buscar en Paul per preguntar si volia entrar a jugar amb mi.

"No estimat" va respondre "Ja veus si vols, estic parlant amb uns amics de la universitat".

Vaig entrar sol.

Em van dir que per entrar al joc primer havia de dir-ho al moderador.

Ho vaig fer i quan va ser el meu torn vaig treure una targeta.

"Amb una bena als ulls, fes un petó a tres membres del sexe oposat i després endevina qui és qui".

Van triar tres homes i em van embenar els ulls.

El primer semblava que volia arribar a les meves amígdales amb la seva llengua.

El segon va fer servir menys la seva llengua, però va passar gairebé un minut fregant-me el cul mentre em feia un petó.

El tercer també va fer servir molt la llengua i no només em va fregar el cul, sinó que també em va acariciar les pits.

Els vaig deixar fer perquè si hagués aturat algun d'ells m'haurien eliminat.

Vaig treure la bena dels ulls i vaig colpejar els tres, un per la barba i els altres dos per l'alçada.

Quan va tornar a ser el meu torn, ja hi havia una dona amb sostenidor i calces, i un home amb calçotets.

Vaig treure una targeta nova.

"Hauràs d'ensenyar la teva roba interior a qui pugui coincidir amb el seu color. Tres persones poden provar".

Quina mala sort! Portava una lliga i calces negres a joc.

Segurament a algú se li ocorreria dir aquest color.

Però el pitjor va ser que les calces eren transparents i ho podia veure tot a través d'elles.

Per què no hauria fet servir les calces granats?

Van triar altres tres homes.

El primer va dir que no portava res.

Vaig riure i li vaig dir que havia fracassat.

El segon va dir que era negre.

Bingo! Ho has encertat!

Li vaig dir que es girés i em vaig aixecar el vestit perquè només ell la pogués veure.

En veure'm, va xiular agraït.

El moderador del joc va dir que com que havia perdut m'havia de treure alguna roba.

Amb un gest sensual vaig posar les mans sota la faldilla, vaig baixar les calces i les vaig penjar al penjador amb la resta de roba que els altres ja havien tret.

Al torn següent, dos homes van perdre els pantalons i una dona el sostenidor, i dues persones van abandonar el joc amb només deu persones.

La dona en topless va recordar al grup que no havia fet el mateix nombre de proves que la resta de persones i va suggerir que em fes dues proves addicionals per posar-me al mateix nivell que les altres.

La gent va ignorar les meves protestes i ràpidament va votar per fer-me dues proves addicionals seguides.

Vaig treure la primera targeta.

"Trau-te el sostenidor sense obrir cap botó al vestit o la brusa".

Quan el meu sostenidor es va obrir per davant, el vaig obrir sense cap problema i vaig passar un costat per sota de cadascun dels meus braços.

Mentrestant, tothom em mirava fixament i vaig sentir que algunes persones comentaven que tot era transparent per a mi.

El moderador va dir que una de les regles del joc prohibeix tornar a portar qualsevol peça.

Vaig treure una targeta nova.

"Tria tres persones del mateix sexe amb el joc de la palla. Un petó francès que duri almenys un minut".

Vaig trencar tres llumins, els vaig barrejar amb uns quants més i els vaig passar per allà perquè cada dona pogués escollir-ne un.

Qui obtingués un dels tres partits trencats tindria un premi.

La Joanna, una noia de cabells vermells d'uns vint anys, un cos de corbes perfectes i una mica més baixa que jo, va ser la primera a treure'n una.

Va riure i va dir que sempre havia estat bo en aquell partit.

Em va fer seure de genolls i el moderador em va recordar que si interrompia el petó perdria el repte.

La Joana va començar a besar-me amb molta determinació i, sabent que no tenia res sota la roba, primer em va acariciar els pits i després em va passar una mà per sota la faldilla, deixant-la just a sobre del meu pubis, jugant amb el clítoris.

Vaig suportar el petó, però no vaig poder continuar assegut amb aquelles mans experimentades al clítoris.

Per especialitat, em va fer arribar a l'orgasme, mentre jo em retorçava de genolls.

Quan vaig trencar el petó, el grup va aplaudir i vaig veure que havien passat sis minuts.

La Joanna encara va mantenir la mà al meu cony palpitant per un moment i després em vaig aixecar.

Tanmateix, no va deixar de pressionar-lo fins que vaig allunyar-me uns quants passos.

La meva respiració era ràpida i vaig començar a esperar que em tornés el torn.

Un home va perdre els seus calçotets i va revelar una polla gruixuda i dura.

Una segona dona va perdre el sostenidor.

La dona que ja no tenia sostenidor va perdre la faldilla sense deixar res.

Em vaig preguntar què passaria si tornessin a perdre.

Paul va triar aquest moment per entrar a l'habitació.

El moderador li va preguntar si es volia quedar.

Va fer una ullada als pits de les dues dones i no va dubtar a dir que sí.

Li van dir que havia d'acceptar cinc reptes si es volia quedar.

Va treure la seva primera targeta.

"Amb una bena als ulls, fes un petó a tres membres del sexe oposat i després endevina qui és qui".

Jo vaig ser la segona i la Joanna la tercera.

Vaig fregar en Paul com ho havia fet la primera dona, fregant-li la polla a través dels pantalons.

La Joanna ho va fer millor, tirant cap avall la braga i ficant-se dins.

Paul no em va colpejar (va pensar que era el número u).

Va perdre quatre de les cinc peces de roba en quedar-se allà amb els seus boxers, amb una erecció tremenda lluitant per alliberar-se.

El moderador va anunciar que les coses havien anat prou lluny i que era el moment de treure les cartes més fortes.

Vaig aconseguir el primer.

Em van embenar els ulls i em van posar tres polles a les mans.

Havia d'endevinar a qui pertanyia cadascun.

Increïblement, vaig ser incapaç de distingir el de Paul dels altres.

Amb tota la gent de l'habitació mirant, em vaig treure la brusa.

La dona que ja anava nua de la ronda anterior va perdre el repte i tots els homes van treure una palleta.

El moderador li va dir a la dona que s'hauria d'asseure a la polla de qui va treure la palla més curta durant almenys cinc minuts.

Vaig veure com s'asseia a sobre del guanyador mentre introduïa amb cura la seva polla al seu forat degoteig, preguntant-me si el meu càstig seria el mateix si em despullava.

El moderador va començar a comptar el temps.

Va intentar comportar-se com res, com si sense moure's ens anés a convèncer que no la fotaven allà enmig de tothom, però els moviments lents amb què l'home la va penetrar van fer que, al cap d'uns tres minuts, comencessin a reaccionar.

Començava a ficar-se en l'assumpte quan la moderadora va dir que s'havia acabat el temps i la va fer aixecar, a la qual cosa es va negar, agafant-se amb força a l'amo del gall que tant de gust li donava.

Tots vam riure d'aquella reacció divertida, mentre la Joanna i el moderador intentaven treure aquell membre erecte del seu cony famolenc.

Amb prou feines ho van aconseguir.

El següent vaig ser jo.

"Mira els pits de tres dones i després, amb els ulls embenats, identifica'ls tocant-los només amb la llengua".

La Joanna es va oferir ràpidament com a voluntària, així com dues dones més.

Vaig mirar els seus pits, mesurant la seva mida i trets, i després em van embenar els ulls.

La meva llengua anava per torns per explorar cadascuna de les pits.

Se'm va ocórrer que si els llepava amb ganes acabarien emetent algun so de plaer que m'ajudaria a saber qui era cadascun.

La segona va callar fins que les meves dents van raspallar-li el mugró i no va poder evitar un gemec de plaer.

El tercer va gemegar a la primera llepada.

Vaig dir que la Joanna era la primera, i després qui pensava que eren les altres dues.

Ho vaig encertar.

Ja em creia que el repte havia passat quan el moderador va dir que havia de complir un càstig.

S'havia adonat que havia fet servir les dents en una d'elles.

Em va dir que em tregués la faldilla.

Anava a dir que em continués despullant, però es va aturar quan va veure la meva lliga vermella i negra calenta.

Em va dir que podia continuar amb la faldilla, però que a partir d'ara hauria de complir les mateixes sancions que els jugadors que ja estaven nus.

Va ficar la mà a la caixa de càstig i va treure una targeta.

No me'l va ensenyar, però el va fer llegir a les tres dones restants.

Es van acostar a mi, em van rodejar lentament i em van portar al llit.

La Joanna s'hi va asseure i les altres dues em van posar de genolls.

La dona a la qual li havien mossegat el mugró es va col·locar prop del meu cap de manera que la meva cara descansés sobre el seu cony.

Em va agafar dels braços perquè no em pogués moure.

L'altre em va agafar les cames i va començar a jugar amb el meu cony.

—Has vist com està mullada, Joanna? "El vaig sentir dir.

Mentrestant, va començar a tocar el meu clítoris amb un dit i a explorar el meu interior amb un altre alhora.

Involuntàriament, els meus malucs van començar a retorçar-se sobre els genolls de la Joanna.

De sobte, em va colpejar fort.

No em vaig queixar, perquè tenia por de perdre el càstig.

Em va colpejar unes quantes vegades més i finalment es va aturar.

"Quants n'hi ha hagut? "Em pregunto.

"No ho sé", vaig respondre espantat.

"Llavors tornarem a començar", va dir.

La Joanna em va assotar fort mentre l'altra noia explorava el meu cony.

Aquesta vegada vaig mirar com comptar els cops.

Quan tenia vint anys es va aturar i va mirar la dona que m'agafava els braços.

"Ja t'ha començat a llepar? Va preguntar.

"No responc.

"Tornerem a començar", va exclamar la Joanna.

Ràpidament vaig enterrar la meva cara en aquell cony que pertanyia a una dona que, com ja t'has adonat, ni tan sols sabia el seu nom.

La Joanna em va pegar cada cop més fort.

Per fi, es va aturar.

Aquesta vegada havia comptat 23 pestanyes, tot i que tenia por d'haver-ne perdut algunes.

"Quants han estat? Em va tornar a preguntar.

"Vint-i-cinc", vaig dir per assegurar-me.

"No, hauràs de fer-ho millor" va dir la Joanna "Tornerem a començar.

La resta de la gent va aplaudir i aplaudir sense parar, però no jo sinó els meus torturadors.

També vaig sentir que Paul felicitava a la Joanna pel programa que em feia muntar.

Durant tot aquest temps, les mans que jugaven amb el meu cony no havien alentit ni un àpic.

Ja havia perdut el compte dels meus orgasmes, (n'hi havia hagut almenys cinc), i a jutjar pel nombre de vegades que la dona que estava menjant el seu cony m'havia agafat el cap, n'havia tingut almenys tres.

La Joanna va tornar a aturar els seus cops.

"Quants han estat? "Em pregunto.

"Vint-i-cinc", vaig tornar a dir, preparant-me per a una nova golejada.

"D'acord", va dir sense més preàmbuls.

Aleshores, dirigint-se a la dona del meu cap, em va preguntar:

"Virginia, t'ha satisfet?

"De moment sí" vaig sentir la seva resposta "A menys que li creixi un gall..."

"I tu, Júlia? Li va preguntar al que havia estat explorant el meu cony.

"Sí", va respondre amb una respiració pesada "Per a mi, això està bé".

Vaig començar a aixecar-me, però la Joanna em va aturar i em va fer estirar.

"Potser s'han acabat, però no ho vaig fer" em va dir "Ara has de comptar els deu cops següents perquè tothom d'aquesta habitació et pugui escoltar. Llavors em besaràs a mi, als conys de la Virgínia i la Júlia com a manera d'agrair-te quina diversió t'has passat amb nosaltres".

Vaig acceptar.

Va trigar més d'un minut a colpejar-me les deu vegades.

Llavors vaig fer un petó al cony de Virginia sense ni aixecar-me i li vaig donar les gràcies.

Em vaig aixecar i vaig fer un petó al cony de la Júlia i també li vaig donar les gràcies, guardant la Joanna per al final.

La menjada de cony que li vaig dedicar va durar uns tres minuts, fins que finalment la vaig sentir venir.

Després també li vaig donar les gràcies.

Mentre ho feia, em vaig adonar que volia dir el que deia.

L'experiència havia estat d'allò més gratificant.

Ara era el torn de Paul...

En Paul va escollir una targeta de repte i per la seva cara vaig poder veure que no havia aconseguit el que esperava.

"Utilitzant només la boca i els ulls embenats, identifiqueu les polles de tres homes".

"No faré això", va dir, girant-se cap a mi.

"Espera un moment" li vaig respondre una mica molest "T'has passat molt bé veient com anava amb tres dones i ara no vols fer això. Crec que estàs sent injust".

"Però, és que..." va començar a dir "És que són... polles!!"

"Vinga" li vaig dir, veient que ja l'estava convèncer "no et passarà res si ho fas, no et farà cap mal. A més, pensa en el càstig que et posarà el moderador si et negues".

No sé quin dels meus arguments va aconseguir finalment convèncer-lo, la qüestió és que, després de pensar-hi una estona més, va anunciar que ho intentaria.

Vaig mirar de prop les tres polles exposades davant Paul.

Tenia els ulls embenats i tremolava de cap a peus.

Vaig intentar animar-lo dient-li que això em excitava moltíssim, la qual cosa era completament cert.

Per fi es va decidir i va començar a afrontar el repte.

Al final no ha estat tan malament, ha acabat en menys d'un minut i només ha encertat un.

El moderador em va demanar que l'ajudés a triar el càstig.

Amb els ulls encara tapats, el van fer seure a la vora del llit.

Les dones encara a l'habitació es van despullar.

A partir d'aquell moment, la roba ja no serviria de càstig.

Cadascun d'ells es va asseure a la seva polla rígida durant exactament un minut.

Vaig ser el quart i en Paul em va reconèixer per les mitges que encara portava o potser per una altra cosa.

Em va suplicar que em quedés una mica més, el temps suficient per venir.

Li vaig fer un petó que li va desembocar la gola i em vaig asseure sobre ell uns moments més mentre els seus malucs m'empenyaven una i altra vegada, intentant arribar a l'orgasme ràpidament.

No ho vaig permetre.

Al final del dia va ser un càstig, així que em vaig aixecar deixant-lo a mig camí.

La Joana va ser l'última a posar-li la polla.

Ella el va despertar sense pietat i també el va deixar abans que vingués.

"Si necessiteu que escolliu un altre càstig, no dubteu a consultar-me", vaig oferir al moderador, mentre en Paul s'aixecava i es treia, esgotat, la bena dels ulls.

"No et preocupis" em va somriure "A partir d'ara triarem entre els dos".

Vaig veure la Joanna agafant la següent carta.

El va llegir per si mateix i li va semblar divertit.

Li vam demanar que el llegís en veu alta i ho va fer.

"Tria tres homes i toca'ls les polles. Després, amb els ulls embenats, seu'ls i identifica els seus amos".

Va passejar per l'habitació i va triar dos homes, estranyament, els que tenien les polles més grans.

Quan va arribar a Paul, es va aturar davant d'ell i suaument li va agafar la polla.

Paul va fer un pas endavant, content perquè ara tindria l'oportunitat d'acabar allò que no li havíem deixat abans.

Però, la Joanna la va deixar anar, somrient cruelment.

"De moment ja n'has tingut prou" va dir "Si ets bo, potser t'escolliré per a un altre joc".

I es va allunyar d'ell, deixant-lo amb una polla rígida i una cara decepcionada.

No vaig poder evitar somriure.

Li va servir bé.

La Joana va triar el tercer i el va portar amb els altres dos.

Va tocar cadascuna de les polles fins que van quedar dures i quan va acabar li van embenar els ulls.

Després es va empalar a cadascun d'ells, sense donar l'oportunitat a cap dels tres de venir.

Ella va arribar amb força a la tercera polla.

Incomprensiblement, cap d'ells tenia raó.

Tots ens vam adonar que havia fracassat a propòsit, fins i tot el moderador que em va trucar per deliberar.

Finalment, vam trobar un càstig segons la personalitat de la Joanna, encara que en el fons tots sabíem que més que un càstig, era un regal per a ella.

Vam lligar la Joanna al llit boca avall, de manera que la seva cintura quedés doblegada a la vora, deixant-la de genolls amb el cul exposat a tots nosaltres.

El càstig consistiria en que cada home la fotés per darrere durant exactament un minut.

Jo estaria al seu costat per presentar-li cadascun dels galls.

El moderador trigaria temps.

Un gest seu seria el senyal que el temps s'havia acabat i que li haurien de treure la polla.

Si es neguessin, jo seria l'encarregat d'eliminar-lo a la força (agafar-los pels ous si cal).

Em vaig acostar a Paul i li vaig dir alguna cosa a l'orella.

Llavors vaig ocupar el meu lloc.

Vaig agafar el primer dels sis galls que anaven a entrar al forat de la Joana amb les dues mans.

"La punta està una mica seca" vaig mentir, perquè tot això em feia més còrnia "Crec que m'hauré d'humitejar amb la llengua".

Ho vaig fer, recreant més del necessari, fet que em va valer una reprimenda del moderador.

Llavors, el vaig presentar amb experiència.

Just quan la Joanna va començar a moure's en el temps amb la seva parella, la moderadora em va donar el senyal d'aturar-me.

Vaig agafar la seva polla suaument i la vaig treure ràpidament.

També vaig humitejar el segon amb la boca calenta, ja que, com he dit, era 'necessari'.

Quan el vaig posar, la seva polla va començar a moure's dins i fora a la velocitat del llamp.

Malgrat això, la vaig treure abans que pogués aconseguir cap satisfacció.

El tercer i el quart van passar de la mateixa manera.

El moderador va ser el cinquè.

Vaig mirar la seva polla i a poc a poc vaig negar amb el cap.

"Crec que també hauré de mullar aquesta polla" vaig dir maliciosa.

El vaig posar a la boca i vaig començar a llepar-lo i xuclar-lo com si no hi hagués ningú més a l'habitació.

Hi vaig dedicar més temps que a cap altre.

Finalment, em va aturar amb la mà.

"Crec que n'hi ha prou", va dir, bocabadat d'emoció.

"Estàs segur que vols que paré? Vaig preguntar sensualment.

"De moment sí" em va dir "Després potser et deixaré continuar.

El moderador va estar exactament un minut i va ser el que va estar més a prop de córrer-se, per l'emoció que li havia provocat menjar-me la polla.

Paul va ser l'últim.

Joanna havia empènyer els seus malucs amb força contra les dues últimes polles, intentant arribar a l'orgasme, però sense aconseguir-ho.

Vaig decidir que la faria patir una mica més abans de l'últim atac.

A poc a poc vaig separar els llavis del seu cony amb l'excusa que així la polla entraria més fàcilment.

Això va fer estremir a la Joanna de plaer.

Aleshores el meu dit va lliscar per tot el seu clítoris, excitant-la encara més.

Vaig pensar que n'hi havia prou i vaig deixar que Paul s'acostés.

La va empènyer, ja que el cony de la Joanna estava més que lubricat.

Va començar a donar-li cops poderosos com havien fet els altres, però després de la quarta, li vaig treure i li vaig fer que se la fiqués pel cul.

Just al final del minut de rigor, el moderador em va donar el senyal per retirar-lo.

La Joanna va empènyer enrere amb els malucs per intentar mantenir el membre inflat al seu lloc, però no va tenir èxit.

El moderador em va mirar.

"Ara votarem per decidir el càstig que us posem", em va dir, parlant en veu alta perquè el món sencer l'escoltés.

"Càstig? A mi? Però per què? Vaig dir, incrèdul.

"Per haver canviat les regles del joc anterior" va respondre "Els galls només podien entrar al seu cony i no al cul. A més, no te'ls permetia menjar-te tots sense el meu permís".

Ningú va votar en contra.

Mentrestant, vaig veure la Joanna rodar sobre la seva esquena, la seva mà flotant lentament cap al seu clítoris famolenc.

La gent havia pres una decisió.

"Us anem a embenar els ulls i després tots farem el que vulguem sense que sàpigues qui va fer què", va exclamar el moderador somrient.

De sobte, algú em va posar una bena als ulls i diverses mans em van empènyer al llit.

Un segon després, una polla va entrar a la meva boca i vaig començar a xuclar-la amb ganes.

Una segona polla va cavar al meu cony degotejant, però després de quatre cops, va sortir.

Aleshores, vaig sentir que algú em separava les natges i, tot seguit, una altra polla (o potser la mateixa) em va entrar al cul amb una sola empenta.

Tenia ganes de cridar però el gall que m'havia enterrat a la boca em va aturar.

A poc a poc em van posar al meu costat, perquè ni les polles que em fotaven ni les dues boques que començaven a xuclar-me les pits s'allunyessin dels seus objectius.

Em vaig adonar que almenys un d'ells era de dona perquè tenia la pell de la cara molt suau, sense rastre de barba.

Diverses persones es van amuntegar al voltant del meu sexe i van intentar penetrar-me.

Després d'una lleugera lluita, un d'ells ho va aconseguir.

Era tal la baralla que s'havia format entre la gent entre les meves cames, que vaig sentir com si diverses persones em fotessin alhora.

Era com si tota la gent m'hagués posat a sobre.

La polla de la meva boca entrava i sortia d'ella sense parar, mentre la polla del meu cony continuava bombejant, però amb certa dificultat.

El del meu cul encara em va penetrar, però semblava que la major part de l'estimulació del seu propietari provenia dels meus esforços per contrarestar les empenta de tots els altres.

Pel que sembla, les dues persones que em xuclaven els pits havien decidit excitar-me i estimular-me tant com podia.

La veritat és que em vaig alegrar d'haver-me embenat els ulls, així que em vaig poder concentrar completament en el que em feien.

Veure el que estava passant només hauria servit com a distracció.

Una de les noies em va agafar la mà, la va posar al seu cony i va començar a fregar-se amb els meus dits, utilitzant-los per masturbar-se.

Estava tan confusa per tot que no va poder reaccionar.

Era com si m'hagués esdevingut un objecte, com si m'hagués privat de la meva voluntat.

La polla a la meva boca va començar a bategar.

Uns segons després, un raig de llet va pujar per la meva gola.

Vaig intentar empassar-ho tot, però alguns em van caure per la galta.

Abans que em pogués recuperar, van posar un cony al seu lloc, que vaig començar a llepar sense demora.

Pel que sembla, els dos que estaven fotent el meu cony i el meu cul havien trobat un ritme comú.

Amb les seves empenta m'han fet venir.

Estava enmig del meu segon orgasme, quan vaig sentir un crit i va venir l'home que em conduïa el cony.

Aleshores, mentre es retirava lentament, vaig sentir que el seu semen començava a fluir lentament pel meu forat.

La seva parella, totalment dedicada al meu cul, va continuar bombejant encara més fort.

Una cara va aparèixer al meu cony i va començar a llepar-la apassionadament.

La sensació de ser fotut pel cul mentre algú més es menjava el meu cony era nova per a mi.

Vaig començar a córrer de nou.

Algú va començar a estirar-me els cabells.

Malgrat la dificultat, vaig intentar seguir complint amb les exigències del cony que tenia a la cara.

Una nova polla va aparèixer a la meva mà i vaig començar a moure'l amunt i avall.

Una de les boques que hi havia als meus mugrons va desaparèixer, ocupant el seu lloc un parell de mans fortes que van començar a fregar-me les pits, pastant-les com si fossin massa de pa.

"Crec que aquesta noia vol que li peguen unes quantes vegades", va dir una veu a la meva dreta que no podia esbrinar de qui era.

El cony que xuclava s'apropava encara més a la meva cara.

El vaig llepar tan bé com vaig poder.

Les seves cuixes em van aixafar el cap quan vaig arribar a l'orgasme.

Ràpidament, una nova polla la va substituir i va entrar a la meva boca.

Em vaig imaginar una fila de gent fent cua a cadascuna de les meves atraccions, esperant el seu torn.

Em vaig adonar que havia perdut tota connexió entre aquells òrgans sexuals i les persones a les quals estaven units.

La bena dels ulls m'havia endut tot, excepte la meva capacitat de sentir el que estava passant.

Vaig haver d'admetre que des del moment en què vaig entrar a aquella habitació, havia esperat en secret que una cosa així podria passar.

La veritat era que, des que la Joanna em va despertar per primera vegada el clítoris amb els dits, havia estat en un estat d'excitació constant.

Pel que sembla, l'home que em fotava finalment havia arribat al punt de no retorn.

Em va agafar els malucs i va prendre el control dels meus moviments.

Uns segons més tard, vaig sentir com grans dolls de semen es llançaven des de la seva polla cap a les meves entranyes.

Després es va estirar al meu costat i vaig sentir que la seva polla es va suavitzar, sortint lentament del meu cul.

Immediatament després, se n'havia anat, deixant la meva part posterior lliure.

La boca de la meva pit dreta va ser substituïda per una altra mà forta. Ara em feien massatges als pits en equip.

De sobte una de les mans va desaparèixer.

Uns segons després em vaig adonar d'alguna cosa al pit, a la vall formada per les meves dues pits.

Era una mà, una mà untada amb algun tipus de lubricant.

Va repassar els meus pits una i altra vegada, untant-los amb aquell líquid viscoso.

Algú es va posar a la meva panxa, va pujar pel meu cos i va col·locar una polla dura entre els meus pits lubricats.

Les seves mans es van unir als meus pits, convertint-los en un cony llest per ser fotut.

Els malucs de l'home van començar a moure's cap endavant i cap enrere a un ritme boig.

La polla a la meva boca va desaparèixer sense disparar la seva càrrega per la meva gola i la polla a la meva mà va ser substituïda per un cony ardent.

Algú em va fer un petó a la boca, crec que una dona, fent-me passar la llengua per la gola.

Vaig poder sentir el semen gotejant del meu cul i del meu cony.

La polla que estava fotent les meves pits va augmentar la seva velocitat.

Algú em va aixecar les cames, deixant al descobert el meu cony.

Em van colpejar amb força al cul deu vegades, mentre una mà va ocupar el meu cony, masturbant-me.

La polla del meu pit va començar a escopir semen amb força.

Em va colpejar a la cara i després va caure gotejant-la.

També devia arribar a la dona que em feia un petó, però això no va impedir que em fiqués la llengua ni un segon.

El membre ja flàccid es va allunyar de les meves pits.

La boca del petó també es va allunyar, així com el dit del meu clítoris.

Per un moment em vaig quedar allà estirat, esgotat.

Un minut més tard, es va treure la bena dels ulls.

Em van donar una tovallola i m'hi vaig netejar suaument mentre mirava el grup reunit.

Entre ells hi havia Paul, el meu xicot, que també hi havia participat.

Em vaig adonar que no l'havia reconegut entre tota aquella gent que em donava un plaer sense parar.

"Ara agraireu a tots i cadascun de nosaltres per haver-vos fet passar una estona tan agradable", em va dir el moderador "Però ho fareu d'una manera molt especial".

Uns instants després estava besant els conys de cadascuna de les dones.

Aleshores, vaig posar les polles de cadascun dels homes a la meva boca, donant les gràcies a cadascun d'ells.

Just aleshores es va obrir la porta.

" On és tothom? " Va dir el nouvingut " Maleït, crec que tinc l'habitació equivocada! "

DONA LLATINA SUBMISA

143

Julieta va rebre més instruccions en una carta.

Era un sobre blanc amb "Confidencial" escrit en negreta.

Les cames de Julieta van començar a trontollar abans que pogués obrir el sobre.

Va recordar haver parlat amb Paul ahir a la nit.

Quin serà el seu pròxim pla audaç?

De la seva relació durant els últims mesos, ella estava adquirint nous coneixements sobre si mateixa i la seva sexualitat.

Abans que li presentessin a Paul, va pensar que sabia molt sobre sexe.

Però des de la seva relació amb Paul, havia començat a fer moltes coses que mai abans havia imaginat.

Hi havia oblidat molts dels seus conceptes erronis sobre si mateixa.

Abans de conèixer a Paul, va pensar que estava completament satisfeta amb el sexe.

Però aviat es va adonar que no estava satisfeta amb el que estava fent.

Ell li havia embenat els ulls a ella durant la seva segona cita.

Julieta mai s'hagués imaginat en el sensible que pot tornar-se nostre cos quan no podem veure.

Cada membre era asimptomàtic a el tacte, i estava aclaparada per la curiositat de saber a quin punt seria el següent a ser tocat en el seu cos.

Va sentir que cada toc del seu cos hauria de durar per sempre, i estava lluitant per gaudir de cada toc.

La següent vegada, Paul va lligar les seves extremitats al llit.

Sentir que ens hem indefensos 'emocionalment, quan veiem el nostre propi cos nu, el nostre company gaudint-, i no podem fer res, no podem resistir-nos, no podem evitar res nosaltres mateixos, aquest sentiment és molt diferent.

Està utilitzant el seu bell i juvenil cos com li plagui, enfront dels seus ulls ... i només vol sentir el que li farà.

Sentiments trobats d'impotència, i emoció.

Jugaven a aquests nous jocs constantment i ella gaudia tots aquests jocs a l'màxim, apreciant la creativitat de Paul.

Curiosament, Julieta, que creia que la seva naturalesa era agressiva i dominant, s'estava rendint fàcilment a Paul en el joc de l'romanç.

No només això, li encantava lliurar-se per complet, lliurar-li el seu cos, fer el que ell faria, fer el que ell li deia que fes.

Començava a sentir que algú hauria de dominar-la, fer que fes qualsevol cosa.

Aquest canvi en la seva naturalesa l'havia pres per sorpresa.

Ahir a la nit, Paul havia dit que la gosadia de demà seria la culminació d'el joc fins ara.

"Escoltes tot el que dic, no?" Ell havia preguntat.

La submissió havia acudit a ella amb només preguntar-li.

"Sí, Senyor, faré el que em diguis", va respondre ella en veu baixa.

Podia parlar molt suaument, però aquest descobriment es va iniciar només quan va conèixer a Paul.

"Bé, llavors, demà rebràs una carta a la teva oficina. Aquesta carta ha de contenir més instruccions per a tu".

... i ara realment tenia aquesta carta a la mà!

Amb mans tremoloses, va trencar el segell de la carta.

Què estaria escrit en ella?

Quin serà el proper pla audaç de Paul?

Què hauria de fer avui per ell?

Una mica espantada, una mica avergonyida també, va començar a treure el paper blanc dins el sobre, he aquí i va llegir ...

"Esclava

1. Prepara't per al nostre joc avui a les vuit del vespre, sigues valent.

2. Hauràs vestir així: pantalons vermells suau, brusa a joc, calceta-sostenidor a joc, anells d'or en les orelles, cinturó platejat i unes sabates de taló alt.

3. Un Mercedes et recollirà a les vuit en punt. El conductor sabrà on anar. Ell et donarà més instruccions després. Així com segueixes les

meves instruccions ara, també hauràs de seguir les seves instruccions a la nit.

4. A més, no portaràs res més ja que no ho necessitaràs. No necessites ni una bossa ni res més ".

El pit de Julieta bategava d'emoció fins que va acabar de llegir les instruccions.

Excitada per la qual cosa passaria avui, va començar a mullar-se.

Paul, un codi de vestimenta, les vuit del vespre, conductor de Mercedes ... res més.

Ell sempre aconseguia distreure a la feina.

Una mica de por, una mica d'emoció, una mica de diversió, molta curiositat ...

Fins ara, per molt audaços que estiguessin els seus jocs, els havien realitzat en llocs 'privats'.

De vegades a la casa de Julieta, de vegades al pis de Paul i una vegada en un hotel.

Però ella es rendia a Paul tot sol ... però avui ella coneixeria a una tercera persona, ¡a el conductor d'aquest Mercedes!

Li haurà donat Paul algunes instruccions audaços a l'conductor?

Paul va dir, que ha d'obeir tot el que digui el conductor ...

Què passa si el conductor li demana que ella es tregui la roba en l'acte?

O si li demana que ella li besi assegut al cotxe?

O si la s'inclina mentre condueixes ... ??? oh Déu

Per què ella li va confessar tot això a Paul?

¿Ella va cometre un error a l'confiar tant en ell?

D'una banda, amb tals dubtes en la seva ment, també creia que Paul no permetria que sorgís cap situació que la posés en perill.

Va somriure per si mateixa, adonant-se que la idea que el conductor l'obligués a desvestir-se era tan aterridora com excitant.

A les vuit en punt, Julieta s'havia vestit i desvestit tres vegades.

A el principi vestia uns pantalons vermell, però no era suau.

Em veig bé així, per què hauria de fer-li tant de cas ...

Mentre es deia això, sense donar-se molta compte, havia tret els pantalons i va buscar un altre vermell més suau.

Després es va posar a buscar les arracades d'or.

Mai havia tingut oportunitat d'usar aquests pendents ja que solia vestir en jeans i samarreta, però Paul havia dit una o dues vegades que li agradaven molt.

Curiosament, no recordava quan li havia dit a Paul que tenia un cinturó platejat.

Però ell havia escrit això mateix en la seva carta, així que devia saber-ho, això és segur.

Mentre apreciava mentalment la seva intel·ligència ...

... El rellotge va donar les huit i es va sentir la botzina d'un cotxe a la carretera.

Julieta va baixar corrent les escales i va mirar per l'espiell de la porta d'entrada.

Davant la porta hi havia un Mercedes llarg i negre.

Es va treure la bossa de l'espatlla i el va tirar al sofà de passadís, va tancar la porta principal amb clau, va obrir la porta i va caminar cap al Mercedes.

El conductor d'uniforme li va obrir la porta del darrere.

El conductor era de mitjana edat i d'aparença educada.

Va seure a dins, preguntant-se si ell ja li donaria alguna instrucció.

el conductor molt cortesament va tancar la porta, va seure i va posar en marxa el motor.

Com esperava, viatjar en un Mercedes va ser realment còmode, però no va semblar importar-li.

Ara, aquest conductor li dirà què fer, com i si realment voldrà obeir al que digui ...

Molts d'aquests pensaments s'agitaven en la seva ment.

El Mercedes accelerava per les concorregudes carrers de la ciutat.

A poc a poc, el trànsit circumdant es va fer menys dens i es va adonar que havien sortit de la ciutat i entrat a la zona industrial.

Les fàbriques i els edificis d'oficines a banda i banda del carrer estret no li semblaven familiars.

Tot d'una, el conductor va reduir la velocitat de l'Mercedes i va entrar en una parcel·la que semblava abandonada.

Encara que la velocitat de el vehicle va ser prou lenta per ingressar des de la carretera principal, no va ser prou lenta per llegir les lletres en el senyal fora de la parcel·la.

Dins de la parcel·la, Julieta veu una cabana de Vigilant amb una porta vella i en ruïnes.

El conductor va aturar el cotxe i va sortir.

Va tornar i va obrir la porta per Julieta.

Tan aviat com ella es va baixar, ell va tancar la porta i la va agafar pel coll i la va portar a la cabina de Vigilant esfondrada.

Julieta encara no havia escoltat la veu de l'conductor.

Aquesta cabana de quatre per quatre peus tenia un taulell a la part davantera.

El jove assegut freni el taulell li va dir a l'conductor:

"Gràcies amic, et veig la propera vegada".

El conductor simplement va somriure i ràpidament es va girar i va marxar.

Ara Julieta estava sola davant d'aquest jove desconegut però maco.

Hi havia una mica de màgia en el seu somriure.

"Julieta, ¿no és el teu nom? Segueix-me", va ordenar el jove.

Julieta ho va seguir amb atenció.

Els dos van entrar en una habitació similar a una oficina a la part posterior de l'edifici mig en ruïnes.

A l'habitació no hi havia res més que una taula i cadires en un racó.

"Estàs a punt per l'aventura única d'avui, Julieta?" Va preguntar posant-se seriós.

"¿Uhm? Potser ..." Julieta va dir posant-una mica nerviosa.

"Bé", va dir, somrient misteriosament, "a tots els que et donin instruccions aquesta nit les seguiràs amb cura. Sense cap dubte ... i sense preguntar-li a ningú. Alguns dels suggeriments seran rares o estranyes, però creu-me, seràs més feliç si segueixes les instruccions. Després, faci el que se li digui, sense vergonya, por o por ".

"Està bé. Què he de fer?" Julieta va preguntar amb fermesa.

Mirant el cos sexy de Julieta, va dir:

"Escolta, llavors. Primer, treu-te la roba".

"Tota?" Va preguntar Julieta vacil·lant.

"No", va dir amb un somriure entremaliat, "treu-te tot menys les calces, les arracades, el cinturó platejat i les sabates de taló".

Julieta no sabia si havia escoltat les instruccions correctament.

Li havia donat instruccions amb paraules molt clares i amb veu elevada.

No obstant això, Julieta va sentir que ell no havia pogut dir res d'això.

Fins i tot després de digerir el seu suggeriment amb gran esforç, ella encara estava esperant que ell sortís de l'habitació ...

Ella va pensar que al menys hauria de donar-li l'esquena.

Per descomptat, Julieta sabia que esperava molt, però tot i així ...

En un atac de ràbia, va baixar els pantalons deixant-se el cinturó posat.

Ella va descordar el primer botó de la seva brusa i el va mirar per demostrar-li que no ets menys en aquesta situació.

Però tan aviat com va notar que la seva mirada es lliscava cap avall a l'llevar un altre botó, sense adonar-se'n, es va mirar a si mateixa.

Li va donar vergonya veure els sostenidors, molt ajustat, de color rosa suau que era clarament visible després que sortissin dos botons de la brusa.

Els seus pits carnosos i suaus lluitant per sortir-ne.

Emocionada, va començar a respirar cada vegada més forta, i els seus pits ja grassonets semblaven inflar.

Sense perdre més temps es va descordar tots els botons que faltaven de la brusa.

Tan aviat com va allunyar els pantalons dels seus peus, ella el va mirar, i es va treure la brusa ajustada a el cinturó amb les dues mans.

Després, tirant cap enrere i, per descomptat, inflant encara més la seva gran pit i bonic, també es va treure els ganxos de la sustentació.

Però per uns moments va romandre en la mateixa posi i el va mirar.

Ell es va avançar, mirant els seus pits inflats.

A l'adonar-se que no hi havia escapatòria, Julieta va posar els ulls en blanc, va respirar fondo i lentament es va treure la sustentació amb les dues mans.

Ella no va tenir el valor de mirar-lo als ulls ara.

I després es va adonar que encara esperava que sortís o li donés l'esquena.

Però ella mateixa es podria haver donat l'esquena quan s'estava despullant davant d'aquest estrany jove!

Però descaradament s'havia tret la roba un a una enfront de ell ...

Ella estava encara més avergonyida per aquest pensament.

"Doblega la teva roba i posa-la sobre la taula", Julieta va recobrar el sentit davant la seva següent suggeriment.

Va obrir els ulls, però, evitant la seva mirada, va recollir els pantalons, la brusa i la sustentació que li rodava per les cames i es va acostar a la taula.

Doblegant amb cura, les va col·locar sobre la taula i es va parar davant seu, però a poca distància.

"Ara date la volta i queda't de peu amb les dues mans cap enrere", va instruir de nou amb veu seriosa.

Ara, tornant-se d'esquena, preguntant per a què serviria, es va girar i va moure les dues mans cap enrere com si s'hagués tornat molt mandrosa.

Ella va fer que sí amb el cap, sentint que ell venia cap a ella.

Els seus delicades nines van ser tocades per un fred metall mentre pensava en el que succeiria a continuació.

Quina cosa nova és aquesta preguntava ella, fins que alguna cosa va fer 'clic' i dues mans van quedar atrapades en la mateixa posi que ell li havia dit.

Oh Déu. Ets aquí en un lloc desconegut, amb un home desconegut, en aquest moment, en tal estat ... 'i ara tan indefensa !!

Poca roba al cos, sense telèfon a prop, ni la bossa ...

¿Per què li servirien?

Tenia dues mans atrapades amb uns grillons per darrere.

Paul no està a la vista.

I aquest jove estrany però maco s'està acostant tant a tu ... estúpida!

Ets estúpida, Julieta.

Per què la gent creu tan cegament?

I això també en una persona com Paul ... quant ho coneixes?

Que et passarà ara.

Oh Déu, que vaig fer ...

"Anem", va dir, sense esperar que ella caminés, sinó sostenint les seves grillons i caminant cap a la porta.

No tenia sentit protestar.

Tan aviat com va sortir per la porta, una ràfega d'aire fred va escombrar a Julieta i se li van omplir els ulls de llàgrimes.

Anava caminant amb passos pesats.

Gairebé la va arrossegar a l'fosc estacionament.

En un estat tan seminú, també va sentir el suport d'aquesta foscor, però ...

Però què és això?

La vergonya del seu propi cos seminú, de la seva pròpia impotència, de la companyia involuntària d'aquest jove desconegut, mentre tenia por, també la excitava sense poder evitar-ho.

Estava avergonyida de sentir les dolces sensacions que tenien lloc cobertes per l'única peça que quedava en el seu cos.

Ella no sabia exactament el que estaves pensant.

Tot i que el seu cos estava fred, es va sentir càlida mentre sortia de l'habitació i entrava a l'aparcament, amb el toc del seu cos mentre caminava i amb el fort adherència de la barra dels grillons.

Els seus mugrons color xocolata fosc es van tensar i van començar a fer mal per l'aire fred.

Semblava com si ell estigués sostenint la barra amb les dues mans amb molta força ... però ella tenia les dues mans atrapades a l'esquena.

I llavors què passaria ell si tingués les dues mans lliures.

Si pessigava els seus mugrons rígids amb la mateixa força amb la que subjectava la seva barra ...

Julieta estava terriblement sorpresa pels seus propis pensaments.

En què estaves pensant fa uns moments?

A causa d'aquesta impotència, la vergonya, les llàgrimes acabaven d'arribar als seus ulls.

Ara el toc de la mà rocosa d'aquest home desconegut hauria de tocar la nostra part més íntima, el pensament ... o el desig ...

Déu!

Què em va passar?

Què pensaments em vénen a la ment?

Paul, on ets, malvat?

Tu ... tu em vas fer així!

Podré mirar-me al mirall matí o no?

Hi havia una petita porta a la fi de l'estacionament.

El desconegut va obrir la porta i va empènyer a Julieta dins.

Era com una gran càmera buida.

Julieta aclucar els ulls i va tractar de mirar al seu voltant, però estava tot fosc excepte per la llum que penjava al mig de l'habitació.

Ell va tirar d'ella de nou i la va posar sota la llum del llum.

El seu bell cos, que havia estat cobert de foscor durant tant de temps, va quedar novament exposat.

Avergonyida i, de sobte, la llum en els seus ulls, es va assecar els ulls amb força.

Van passar uns moments en un silenci extrem.

No hi ha moviment, no hi ha moviment.

Em pregunto si em va deixar aquí ...

Ella va sentir la seva frec de toc en la seva cintura lineal.

Una o dues vegades el toc es va moure lentament des dels dos costats de la cintura fins a les aixelles i després va lliscar cap avall i va lliscar per les vores de les seves calces.

Julieta es va assecar els ulls amb força com si sabés el que passaria després.

Els dits de les dues mans van tirar cap avall de les vores de les seves calces roses.

Els seus calces es van embussar quan van arribar les cuixes.

Amb les mans lligades a l'esquena, no podia fer res.

Els dits de la mà esquerra d'ell es van avançar des del darrere amb autoritat i van començar a baixar la part davantera de les seves calces, pellizcándolas, tocant la seva vagina humida.

A l'hora següent, l'última peça del seu cos, encara que només nominalment, li va caure als peus.

"Apártalas", la seva poderosa veu va fer ressò a través d'aquest buit.

Va deixar anar les cames de les seves calces sense pensar.

Ara ella estava completament nua, nua, nua.

Sense esmentar que quedaven algunes coses al seu atractiu cos: arracades, cinturó platejat i sabates de taló alt.

Per descomptat, res d'això servia per evitar avergonyir-se, però va començar a pensar en si mateixa afrontant la situació en què es trobava.

"Queda't quieta aquí", va dir, donant la següent ordre.

Encara Julieta va obrir els ulls ara, no volia desobeir.

Mentre pensava en el que estava fent, va escoltar que empenyia alguna cosa.

Ella va mirar a la dreta i el va veure.

Empenyia alguna cosa amb rodes cap a ella.

Era una taula.

La taula tenia aproximadament l'altura de la cintura.

Hi havia posades corretges de cuir al llarg de la taula.

Va portar la taula just al davant.

Després, envoltant-la de nou, la va empènyer cap endavant i la va inclinar sobre la taula.

"Separa els peus, Julieta", va ordenar.

Ella obedientment va moure les dues cames lleugerament cadascuna cap a un costat.

"Més encara", va cridar, i ella es va quedar de peu amb les dues cames completament obertes.

Ara la seva vagina humida tocava el cuir que estava sobre la taula.

Tan aviat com les seves cames es van ajuntar a les potes de la taula, ell va lligar les dues cames amb força amb les corretges de cuir.

Ara li era impossible moure.

Envoltant-la, va alliberar les seves mans dels grillons.

Ell va somriure i es va parar davant.

Mentre mirava el seu cos nu, els ulls de Julieta automàticament van baixar amb vergonya.

Va seguir donant ordres.

"Ajup-te i toca't els dits dels peus".

Quan ella es va inclinar, ell es va ajupir cap endavant i li va lligar les mans a les cames.

No importa com valent fora, Julieta estava terroritzada per aquest estat d'impotència.

En aquesta etapa, ella no es podia moure per si mateixa.

La seva vagina mullada i les seves natges plenes estaven completament exposades davant de 'aquest' estrany.

No només això, sinó que la seva vagina, i fins i tot el forat del darrere, devien ser visibles per a ell ara.

Ella estava tractant de controlar la seva respiració, preguntant-se què faria ell a continuació.

Per un minut no va notar cap moviment d'ell, però després es va adonar que estava molt a prop darrere d'ella.

I a el mateix temps va sentir un toc molt familiar, però en un lloc inesperat ...

¡Vaselina! Sí, era vaselina.

Fregava vaselina en el seu forat del darrere amb un dit recobert.

Ell es la va distribuir al voltant per una estona i després va inserir el seu dit en el seu anus.

Julieta va contenir l'alè per un moment.

Abans de conèixer a Paul, no coneixia cap altre ús del seu forat anal diferent de l'usual.

Solia sentir-disgustada quan veia sexe anal en un vídeo porno amb Paul.

Li cridava a Paul i l'obligava a passar l'escena.

Però una vegada que li havia lligat els braços i les cames al llit i li estava ensenyat el tipus de sexe dominant, li havia inserit un tap de goma a l'anus, malgrat la seva oposició.

Julieta, que inicialment estava cridant, va acceptar aquest tipus de diversió en molt poc temps.

Després d'això, cada vegada que Paul baixava per llepar la seva vagina, ella començava a pregar-li que inserís a el menys un dit darrere d'ella.

De fet, a Paul li agradava molt fer-ho així, però només per molestar Julieta, solia recordar el seu rebuig i disgust ...

Però avui, mentre el dit d'aquest home desconegut circulava lliurement pel seu entrecuix i anus, tenia moltes emocions en la seva ment.

Se sentia enutjada per la seva pròpia impotència.

Li estava enutjant l'intrús pel descarat avanç.

Odiava a Paul per posar-la en aquesta situació.

Tenia llàgrimes als ulls a causa de el dolor quan el seu dit va penetrar dins.

I a el mateix temps, s'excitava a l'adonar-se que el dit d'un estrany es movia en el seu anus en un lloc estrany.

Després d'empènyer el seu dit dins i fora del seu forat per un temps, va inserir a la força un tap de goma gruix en el seu forat.

Tot i que la vaselina va reduir una mica les molèsties, la mida de el tap era molt més gran que la mida del seu forat.

Però Julieta no podia fer res més que protestar.

Julieta estava tractant de deixar de plorar i respirar fons, en aquest moment ...

Quan el tap va estar completament inserit a l'interior, li va donar un fort flagell al cul adolorit i es va apartar d'ella.

El crit literalment apagat de Julieta va seguir a el so del "crack" que va reverberar per tota l'habitació.

En aquest moment, es va enfadar molt amb Paul.

Ha de haver-li dit a l'estrany diverses coses que són molt privades entre els dos.

I tant!

A més, com podria saber aquest home que a Julieta, que sempre mana a la feina, li agrada es dominada en el sexe?

Encara que plorava mentre el seu dit es movia per l'anus, havia de saber que li encanta que li fiquin el dit.

I ara, sense preocupar-se pel dolor físic que ella estava travessant, i sense anticipar quina seria la seva reacció, estava convençuda que Paul havia de haver-s'ho explicat tot per la força amb la que l'havia nalgueado.

Paul també li havia ensenyat el truc d'alleujar el dolor extrem.

Al món exterior, Julieta no podia suportar la forta veu de l'home davant.

Però en aquest món privat, la seva major fantasia era que algú pogués torturar-la, forçar-la físicament.

Aprofitant aquesta informació, es va enfadar i a el mateix temps es va emocionar molt quan es va adonar que aquest home estava jugant amb el seu cos.

Amb tots aquests pensaments en la seva ment, però, ell va continuar llançant un fuet sobre ella.

Els seus natges pàl·lides ara estaven vermelloses com cireres i calents com l'infern.

Després de deu o quinze cops, va tirar el fuet a un costat i va començar a nalguear les natges vermelloses de Julieta.

Després de molta tortura, Julieta va començar a voler abraçar-lo.

Es va aturar i es va parar davant d'ella just quan ella volia que les seves mans es moguessin per allà enrere per una estona més.

Inclinant i deixant anar les seves mans, la va redreçar.

Va prendre la seva delicada mà a la seva i la va aixecar cap amunt.

Julieta va veure una corda forta penjant de dalt.

Ell li va lligar amb cura les dues mans i les va embolicar a la corda.

Va relliscar i va caure a un costat.

La corda estava lligada a través del pont des del sostre.

Va deslligar la corda de la seva subjecció, la va prendre en la seva mà i va començar a estirar-la amb força.

El cos de Julieta estava sent pujat i hissat amb la corda tirant dels seus braços.

Julieta estava deixant que tirés del seu cos sense cap resistència.

Va continuar tirant de la corda fins que la va aixecar de tots dos talons.

Ara Julieta estava de peu sobre la punta dels seus talons alts, balancejant el seu cos, però no penjant.

Va lligar l'extrem de la corda de nou i es va parar davant.

Tot el pit de Julieta estava ara alçat mentre tenia els dos braços aixecats.

Mirant cap avall des de dalt, els seus propis mugrons també es veien una mica massa angulosos.

I després, girant els seus dits sobre els cercles foscos al voltant dels seus mugrons, de sobte ell va agafar els dos mugrons punxeguts amb un pessic i va tirar amb força.

Cridant de bona gana, Julieta va ensopegar en el lloc on estava parada.

Els seus cuixes també estaven limitats en els seus moviments ja que les seves cames estaven lligades a la part inferior i les seves mans en la part superior.

Va continuar tirant i deixant anar dels mugrons amb el pessic dels seus dits.

Lentament, Julieta va començar a excitar-se de nou.

Es va assecar els ulls, va tirar el coll cap enrere i va moure el seu cos cap a ell.

Era com si volgués aquest dolorós pessic cop i un altre.

A partir d'aquí, ell va prendre una petita quantitat de crema vermella en els seus dits.

Suaument, va fregar l'ungüent al voltant dels seus mugrons.

Va mullar els dits en el tub de nou i va treure una mica més de crema.

Ara la seva mà va baixar i va començar a tocar la seva vagina.

A l'trobar la seva vagina a través del seu fi cabell, va untar la crema allà també.

Després va tornar i va fregar el tap de goma color crema en el seu anus.

Julieta estava molt excitada pel toc d'aquesta crema freda en els seus tres òrgans 'privats'.

Però després d'uns segons, la crema freda va començar a escalfar-la.

I a poc a poc va començar a picar-en el lloc on li va aplicar la crema.

Estava ansiosa per que algú li prémer els pits.

Va tractar d'alliberar les seves mans per pressionar els seus propis pits, per estrènyer les seves pròpies lligams rígides.

Ara mateix necessitava seus dits rocosos, en els seus mugrons llepats i en la seva vagina que li picava ...

I a el mateix temps va sentir el toc d'aquest objecte vibrant.

Paul li havia regalat un vibrador mitjà, però fins a la data mai ho ha fet servir sola.

Paul solia fer funcionar el vibrador pel seu compte amb ella.

Però ara el vibrador, que havia penetrat a la vagina que li picava, semblava massa gran.

A més, les seves vibracions es sentien molt més forts del que esperava.

Encara que ambdues cames estaven lligades, estava estirant les cuixes per deixar el major espai possible per al vibrador.

Avançava lentament una polzada, anticipant-se a la seva delicada vagina.

No obstant això, Julieta estava tan excitada per la crema i la situació en general que estava empenyent tot el seu cos cap endavant i tractant de ficar-se el vibrador dins.

Quan va prendre el gruix vibrador íntegrament, es va posar dret tremolant gaudint de la seva vibració.

Les dues cames lligades.

Tir cap amunt amb les dues mans lligades.

En un lloc tan desconegut, Julieta sentia la felicitat de la vida penjant completament indefensa, nua, emocionada davant d'un estrany.

Un tap atapeït en el seu anus i un vibrador omplint la seva vagina.

Mugrons excitats per aquesta crema vermella a la part superior.

Volia sincerament que l'estrany la mossegués, la mossegués i aixafés les seves natges grassonetes i carnoses.

Va sentir com si els dos objectes en els dos forats haguessin penetrat profundament en el seu cos.

Ell mai havia deixat d'empènyer el vibrador cap a dins, però la pròpia Julieta estava tractant de fer-ho entrar.

Tancant els dos forats, tirant de nines i turmells fins al punt de tensió, va estirar tot el cos i amb un fort crit va arribar al clímax de la felicitat.

Per primera vegada a la vida, aquest moment va durar molt.

Els músculs del seu anus van començar a endurir mentre els seus músculs vaginals van començar a afeblir-se.

I abans que la primera onada d'excitació es calmés, el seu cos es va posar rígid novament.

Va experimentar un segon orgasme seguit causa de el tap de goma inserit en el seu anus.

Ella estava experimentant dolor i plaer extrems a el mateix temps.

Lentament, el seu cos va començar a enfonsar i va tancar els ulls.

El seu rostre descansava sobre el seu pit en una posició penjant.

Ell es va inclinar cap endavant i va treure el vibrador de la seva vagina.

El seu cos va trigar una mica a recuperar-se.

Després, reunint una mica de força, va aixecar el coll, va obrir els ulls i ...

... tots els llums de l'habitació estaven encesos.

Sota la seva mirada, va veure unes quinze cadires, a només tres metres d'ella.

Ella va mirar les cadires amb incredulitat i, per descomptat, a la gent asseguda en elles.

Hi havia homes d'entre trenta i cinquanta anys ... i hi havia dones.

Tots miraven a Julieta amb alegria i admiració.

Paul estava assegut a l'última cadira, mirant-la amb orgull.

Estava feliç de veure a Paul.

Però a continuació, va recordar la seva pròpia condició i la recent 'exposició'.

Avergonyida, va baixar el coll, però no va poder moure les mans per cobrir el seu cos nu.

¿I de què anava a amagar-ara?

Després de veure tot el 'programa', ells ...

Amb tots aquests pensaments corrent pel seu cap, va sentir el frec d'l'aigua freda darrere d'ella.

L'estrany, que havia estat jugant amb el seu cos durant tant de temps, l'estava 'refredant' amb una pipa d'aigua a la mà.

No va tenir més remei que deixar-se banyar per ell amb els braços i les cames lligats.

Girant el seu cos nu, la va banyar completament del cap als peus.

Primer les restes de les fuetades en les seves natges, després les rascades de braços i cames pel embenat, els pits i mugrons que se li van inflar per la crema i el seu maneig, en tots dos dels seus delicats porus pels quals va patir un atac inesperat des les dues direccions, i per tot el seu cos jove i tendre.

Realment necessitava aquesta aigua freda!

Quan va estar completament amarada, va tancar l'aixeta i es va avançar per afluixar la subjecció de les cames.

Julieta va separar les seves llargues cames i va tractar de parar-se dreta.

Després ell va deslligar la corda que penjava dalt i va deixar anar les seves mans.

Deixant-la sola per un moment, es va acostar a ella de nou.

Va acostar la taula de el fons i va fer que Julieta es col·loqués en ella.

No hi havia força en el seu cos, no hi havia desig en la seva ment d'oposar-se a qualsevol de les seves accions!

La tombar sobre la taula i li va lligar les mans.

Aquesta vegada va embolicar les corretges al voltant de les cuixes sense lligar-li les cames pels turmells.

La vagina de Julieta estava ara més oberta que abans, amb les corretges subjectes a ganxos a banda i banda de la taula.

Ara la seva vagina rosada era visible enfront d'ella, i el tap de goma en el seu forat del darrere també era visible.

La va deixar en aquest estat per una estona.

Ara la idea que hi havia gent asseguda a l'habitació i mirant-la feia sentir-se avergonyida i també excitada.

Recordant que Paul també estava al seu voltant, es va recolzar sobre la taula, esperant el proper atac ...

I després va sentir el toc familiar de l'vibrador ... primer a les seves cames, després en les seves cuixes grassonets, després en el seu ventre pla, al voltant dels mugrons buits, i després movent-se lentament cap amunt en els dos pits, en els seus mugrons estrets.

No podia creure que es pogués tornar a emocionar amb tan poc temps.

Va sentir el flux de la seva vagina caient des dels seus cuixes esgotats fins al seu propi anus.

I es va sentir aclaparada per la vista de quinze o vint estranys, homes i dones mirant-la.

Ansiosa, va començar a pronunciar:

'Ah, ah!'

Tot d'una, el vibrador es va apagar.

L'excitació de Julieta ja no era al seu cos.

Ella va començar a cridar fort, cridar i cridar a l'estrany perquè s'acostés i continués acariciant amb el vibrador.

Van haver d'haver passat uns segons i llavors va sentir un toc molt desconegut i inesperat entre els seus dos cuixes ...

Sorpresa, va mirar cap a allà i va veure que el jove estrany estava movent la seva llarga llengua sobre la seva vagina.

Ella va somriure amb satisfacció i el va mirar, després es va reclinar a taula i va relaxar el seu cos.

Ja no era un estrany per a ella.

Els altres homes i dones de l'habitació no existien per a ella.

Ni tan sols tenia pensaments per a Paul en el seu cap.

Sentint el toc de la llengua llarga i fort de el jove, va posar els ulls en blanc i es va ficar al llit.

Durant el següent orgasme, ella va mantenir un gran somriure a la cara.

Quant de temps va estar llepant la seva vagina, quant temps va estar ajaguda sobre la taula, desperta o adormida ... no tenia forma de saber-ho.

Tot el que sabia era que els dos estaven de nou sols a l'habitació, les seves extremitats estaven lliures, el tap de goma havia estat tret del seu anus i col·locat a la banda de la taula, i l'estrany que li havia donat l'orgasme més gran de la seva vida, sense que hi hagués hagut coit, estava dret cortesament davant.

Es va aixecar lentament i va baixar de la taula.

Ell tenia la seva roba a les mans.

Ara, mentre es vestia, ell es va deixar anar contra ella ... no per avergonyir-, sinó per cordar el seu atapeït sostenidor.

Ell també la va ajudar amablement a acabar de vestir-se.

Després de vestir-se, va portar a Julieta de tornada a la cabana de l'Vigilant.

El mateix Mercedes negre estava parat a l'front.

El conductor de Mercedes li va obrir la porta i es va aturar expectant.

Julieta va somriure a l'recordar l'amabilitat de l'conductor.

Tornant-se, va preguntar per primera vegada des que va conèixer a l' 'estrany',

"Quin és el teu nom?"

Ell va somriure.

Ell va prendre la seva mà i la va estrènyer apropant-se més i va dir:

"El meu nom no és important".

Llavors ella només va somriure i va dir "Gràcies" i va començar a caminar cap a l'acte.

Paul l'estava esperant al seient del darrere de l'acte.

Tan aviat com va entrar, Julieta va abraçar a Paul en els seus braços.

Paul li va donar una afectuosa copet al cap i li va indicar a l'conductor que arrenqués el cotxe.

El Mercedes negre va començar a córrer de nou pels estrets carrers de la zona industrial cap a la concorreguda ciutat.

Paul va prendre una càmera de vídeo que havia deixat a un costat i va acostar la seva pantalla a Julieta i va dir:

"Tot el que has fet des que vas sortir de l'acte ... o tot el que t'han fet està en aquest vídeo. Què valenta ets."

Julieta s'estava relaxant en els seus braços.

El somriure a la cara i la satisfacció parlaven en el seu nom sense necessitat de dir res més.

Deixant que es relaxés en l'acte, Paul la va donar uns copets de nou i es va posar a mirar la cinta del seu coratge.

El pla d'avui ha estat un èxit.

Estava feliç i emocionada amb la idea que aviat estaria a punt per a una pròxima i sorprenent aventura ...

FI